神戸ネコ物語

Kobe Cat Story

Tsumu Kyoko
摘 今日子

西田書店

神戸ネコ物語＊もくじ

❶—名はテツ

❷—陽の種、たんぽぽ

Kobe Cat Story

神戸ネコ物語

1

名はテツ

こうして僕は生まれた

「短毛（ダブルコート）、毛色ブルー、目色グリーン、細身かつしなやか頭脳よし。独特の微笑み（ロシアン・スマイル）が優雅で、繊細なパートナーに適する。」

これが我が種、ロシアンブルーへの評価だ。

「ナーオ、ナ〜オン」なんだ、この紙面の評価は。

他にもプラチナにも劣らぬ髭、ダイヤにも勝る爪、身長の5倍ものジャンプ力、水を飲むのも針が落ちるよりも静か、尻尾も天高く、種の中で一番長い。歯にしても人間より2本少ないが、歯車型の丸のみ仕掛け、30本生え揃ったら4本の犬歯《けんし》で引き裂きなんて、

「ニャ〜オ、オア〜オ、オアー」の朝飯前さ。

視力だって人間の六分の一の光で十分、獲物との距離感はどんな機械よりも正確、目ん玉も宝石なんてクソ食らえの輝きさ。猫ネットによると17年間に４２０匹もの子を産ませるオスが居たり、1時間に10回も交尾をする強者までいるんだぜ。

もっともっと、もっとあるぜ。

さて僕の出生地は神戸異人館通りのとある貿易商の老夫婦宅の納戸《なんど》、《ドリーム》。それも街中がそわそわ浮き足立つクリスマスイブの夜明け前の出産だった。

猫社会では子を生む姿を人間さまに、いや自分以外（夫を含む）のどの種にもそうやすやす見せはしない。外敵と戦いながら孤独と空腹と苦痛に耐え、けな気にひっそり生む。生きるも死ぬも自然の定め、またこのような生誕デビューが強い子を生むのである。

だが現代はましてや僕たちのような飼い猫族ともなると、人間さまがしつらえた、冷暖房完備三食ごろ寝つき、場合によっては獣医つきという天国にも等しい場所でゆったり子を生む。

「☆☆ちゃん苦しいの。がんばって、ママがついてるわ」という猫撫で声や、

「ママー、○○ちゃんのおっぱい、きのこクッキーみたいに上向いてるよ」

といった屈辱にも恥らうこともなく甘んじて。

ケッ！　これじゃー、無気力猫が増えたって当ったり前じゃないか。

気がつくと僕も、こうした天国バージョンで、母に目や鼻や口に尻を清められ、初めて味わう酸素とやらの洗礼を受け、よつばいに手足を組み立てながら、兄たちのそばで転んでいた。耳元の苦しげな声が母だということは本能で分かった。母は子を生むたびに全身

で息をしていた。

僕の後に弟と末っ子の妹が生まれた。

母は最後の子の臍《へそ》の緒《お》を噛み切ると、僕たちが被ってきた虹色の袋をがぶりと飲み込み、

「お前たち、この先どんな環境になろうとも、純血種の誇りを忘れずに生きるんだよ」

と生きることへの覚悟のようなことを言った。母は我が子たちの未来が、人間さまの心次第でどのようにでも流転してゆく、という悲しい動物の定めを伝えようとしていた。いや、あるいは、ひょっとしたらこれから神戸に起るとんでもない災難を予知していたのかもしれない。我が母のように、飼い猫にもかかわらず、子供の未来を冷静に見据《みす》えることができるだなんて、よほどキャパシティーが広くなければ及ばぬことだ。

そうさ、なんてったって僕の両親は、純血種、ロシアンブルーなんだから。

「あら！　生まれてるわ」

突然部屋が明るくなって頭の上で声がした。

母は乳を含ませていた僕たちを撥《は》ね退《の》けると、低くうなった。

「わかった、わかった、アレキサンドラ、わかったわよ。だからそんなに興奮しないで。

でも、まーま、よくがんばったこと。……ひーふーみー、あらあら、みんなで5匹。それにこんな有難い日に生まれただなんて、きっと神様のご加護だね。さーさ、じゃー、これから汚れたところをきれいきれいにしょうね」

老婦人はそう言いながら母の頭に手を伸ばすと、頭から背中にかけて優しく撫で下ろした。すると母は急にうっとり目を細めて、ゴロゴロ咽《のど》を鳴らして寝転がった。

「大変だったね。大変だったね」

老婦人はそう繰り返すと、僕たちが転ぶシーツの下からそろりと新聞紙を抜き取り、その後さっきよりもぐっとやさしくなって、

「さー、これですっきりしたね。明日はもっともっときれいになろうね。そいじゃー、今日はこのまましっかりおやすみ」

と我が子にでも言い聞かせるかのようにそう言って、部屋から出て行った。

僕たちは母のゴロゴロを頼りに我先にと乳に吸いつき、ゴロゴロ咽を鳴らして甘えた。母の身体はぽかぽか暖かく、呼吸もミューンミューンとやさしくて、まるで子守唄でも聴いてるかのようだった。

老夫婦と初めて顔を合わせたのは生後2週間、目がようやく見えはじめて、よちよち一

人歩きができるようになってからだ。

母は部屋から出ると、ドリームの隣のドアの隙間《すきま》に鼻先を突っ込み、形のよいお尻を左右にぷりんぷりん振りながらするりと通り抜けた。もちろん僕たちもその後へと続く。

まろやかな朝の陽差しとこんがりした香り、未だ母乳の香りしか知らない僕たちの鼻を惑わすこの匂いは、人間さまのブレックファースト、コーヒー&パン、フルーツと杏子《あんず》入りのヨーグルトだ。

母の食事から僕たちの汚物の処理まで、こまごま面倒をみている老婦人が、コーヒーを片手に新聞を読む老人になにやら話しかけている。母はゆるりと老婦人の足元に擦り寄った。つややかな銀毛としなやかな身のこなし方、貴婦人のような歩き方は産後の疲れなど何処吹く風だ。そして老婦人を見上げると、尻尾をひらりと立てて、「ミューン」と一声、涼やかに鳴いた。

「まーま、アレキサンドラ、おはよう。あら、まあー、みんなも一緒！」

「おっ！　こりゃーこりゃー、一家そろって初のご挨拶かね」

二人とも話を中断して僕たちを見た。

「昨日まで半目しか開いてなかったのに、今日はしっかり開いたのね」

老婦人は椅子から立ち上がると、毛布のように長いスカートを引きずって僕らのところにやって来た。そして腰を屈《かが》めて妹を見、そのあと老人の方に首をのばした。

「ねー、あなた、今回は1匹ぐらい、置いてもいいでしょ」

「うーん、そうだなあ」

がさがさと新聞をたたむ音がして老人がゆっくりこっちを向いた。くっきり皺《しわ》の刻む広い額と銀縁の眼鏡……。オオッ！　僕たちと一緒の銀毛だ。

「そうだな、じゃー、1匹だけだぞ。いくら可愛いと言っても2匹以上はご勘弁《かんべん》いただかないとね。ところで秀の方はどうすると言ってた？」

「もう先住猫で一杯だって」

「ハハハ、先住猫だって。そうか、じゃー、林先生のところで、婿《むこ》入り先か嫁《よめ》入り先でも見つけてもらうとするかね」

「そうねー、あそこなら安心して任せられるわね」

老婦人はそう言った後、

「私、こっちのメスにするわ。メスだけは前から名前、決めてたの。アナスターシャって」

ぽってり膨《ふく》らんだ手が妹を抱き上げようとする。

突然ママの目が爛々《らんらん》と光った。今にも飛び掛りそう。

「アレキサンドラ。大丈夫、大丈夫よ。ほらほら、可愛い、可愛い、してるだけよ」

老婦人が抱くのをやめて頭を撫ぜる。

「産後は気が立ってるから飼い主でも気をつけないとね。それにしてもアレキサンドラだの、アナスターシャだのって、これじゃー、まるでロシア皇帝一族だな」

しゃがれ声がそうからかう。

「だって、この子たちのパパの名前がニコライだったんですよ。ロシアの純血種一族らしく、誇り高い名をつけてあげなきゃー」

こうして僕たちはヨメムコ入りが決るまで、皇室教育を受けながら老夫婦の下で過すことになっていた。

だがその日から9日目に起きた、そう、日本列島を地震列島の名に置きかえた、あの『阪神・淡路大震災』で運命が一変した。

運命の朝

1995年1月17日、まだまだ暗闇《くらやみ》が朝日を覆っている頃、突然ママが跳ね起きた。闇夜を睨《にら》む目は熱岩の豹《ひょう》、総毛立つ銀毛の背は切り立つ氷河の峰だ。

なんとも空恐ろしい形相、我が母ながらも、もうおっかなびっくり、と突然地の底からゴーと底ごもった、何か巨大なものを引きずるような音がして、身体が宙に浮いた。

「みんな、みんな、こっちにおいで」

ママは床にほりだされた子供たちを必死にテーブルの下に押し込んだ。

頭の上でガシャガシャと物同士がぶっつかって、どしゃぶりに何かが降ってくる。無我夢中で絨毯《じゅうたん》に爪を食い込ませた。

な、なんだ、何が起きたんだ！

「ママー」必死に呼ぶ。と不意に世界が真黒になり、その次の瞬間、地上の音という音がすべて途絶え、超無音のまったくの静寂が訪れた。

何か、何かとてつもない大事件が起こったようだ。

僕も兄や弟たちもこぞってママのお腹の下にもぐり込んだ。2度目の揺れが来た。

「アナスターシャがいない」

ママの悲痛な声が上がる。

「アナスターシャ、アナスターシャ」

ママが大声で叫ぶ。倒れたスタンドの傘の中から小さい声がする。

「ママー、ママー」

「あっ！　アナスターシャ！」

「こっち！」みんな一斉に叫ぶ。

ママがアナスターシャを咥《くわ》えてきた。そして叫んだ「みんな離れるんじゃないよ」

こうして僕たちは老婦人が、母の産後の安らぎにと部屋の片隅に置いた頑丈なテーブルのお陰で、無事助かった。

自宅は倒壊《とうかい》しなかったものの、花模様のソファーのある応接間は、ものの形が見分けられないほど無残にかきまわされ、老夫人が自慢のガレとやらの花瓶は、つる草彫りの飾り棚から落ちてこっぱみじん、ウエッジウッドの食器も、バカラのランプもただの破片。午後になると、海草が泳ぐように浮き上がる半円状のガラス窓は、蜘蛛《くも》の巣のような亀裂《きれつ》が入り、兄や弟たちとアスリート気取りで走っていた廊下にさえ、ありとあらゆる物が重なっていた。

その日から来る日も来る日も鼓膜《こまく》が破れんばかりの音（猫の聴覚は犬の一・五倍、人間の三倍）がして地が揺れた。

ともかく街は大事が起きてるようだ。


震災から1ヵ月後、僕たちは自宅前の道路から、4、5段石段を上がった、門扉脇の段ボールの中にいた。鉄製の門扉には「純血種、ロシアンブルーです。可愛がって下さる方、差し上げます。御用の方はブザーを押してください」と書いた張り紙が、吹き抜ける風を受けて、僕たちの心のように切なげに震えていた。

段ボールの中は、毛布と湯たんぽのお陰でほかほか暖ったかかったが、過保護の僕らには空気が骨に刺さるように冷たくて、ついこの前まで出窓から見えていた向かいの異人館も、とんがり帽子の塔をぐらりと傾《かし》げ、タイルの壁を剥《は》がしていた。

ともかくどこもここもまるで魔王が四股《しこ》を踏んだ後のようだった。

「ママー」僕たちは声を揃えて母を呼んだ。だがどこにも母の姿は見当たらない。僕より13分後に生まれた妹のアナスターシャは、僕の後ろに隠れて、ママを恋しがってミューミュー鳴いた。

街道はひっきりなしに人が通り、みんな殺気だっていた。誰もが分厚いコートの衿《えり》を立てて背を丸め、沈痛な顔をして歩いていた。
2、3人の男が張り紙をちらりと見て、その内の1人が白い目を投げつけた。
「こんな時に猫だなんて、何言ってるんだ」

でっぷりしたおっさんがつばを吐いて通り過ぎた。

次に親子連れが通った。

「ママー、可愛い！」男の子が立ち止まった。

母親らしい人も立ち止まる。

「ほんとねー。ロシアンブルーだって……。まあ、きれいな緑の目。でも、こんな時にいくらあげるって言われても飼えないわね」

「けどー、ぼくー、欲しい」つぶらな瞳がママを見上げる。

「何言ってるの。こんな時にダメよ。ダメ」

母親はそう言うと無理やり子供の手を引いて歩き始めた。男の子は後ろを振り向き振り向き、何か言っていたが、やがてよちよちと坂道を下って行った。

今度は3人の少女を連れた家族連れが通りすぎた。

と高校生らしい少女が引き返してきて、僕の後ろで震えているアナスターシャを見つけた。

少女の「ママ、ちょっと来て」に長い髪を束ねた母親らしい人が引き返して一緒に覗《のぞ》き込む。

「あら、可愛い。ロシアンブルーなのに飼い主を探してるだなんて、本当は高価な猫なのに、こんな時だから行き先がないのね」

クリーム色のダウンが、色白の肌に映える優しげな長身の美人、そういえば少女も母親そっくりの清純タイプ。

フムフム、これは我々と同じ、美系というDNA、なんだか親しみを覚えて、くーんと首を伸ばした。

「ママー、こんなところで可哀相よ。ほら、私を見てる。ねっ、飼ってもいいでしょ」

涼しい黒目が母親に訴える。

「うーん、可愛いけれど、まだ自分たちの食事もままならないのよ」

「めぐ、私の分、少し廻すから」

「何言ってるの。食いしん坊のくせに」

「……パパ、このままだったら死んじゃうわ。ね、こんな時だからこそかばってやらなきゃー」

立ち止まってこっちを見ていた父親と、妹らしい2人の少女がめぐちゃんの声に引き返す。

「そうだね、めぐの気持ちは分かるけれど、まだ生まれて間がなさそうだし、ミルクとかキャットフードがいるんじゃないかな。それにこんな時期、とてもじゃないがそんなもの手に入らないよ」

「けどー、ねー、ちあき、可愛いでしょ」

パパの気のない返事にめぐちゃんは、パパの隣の妹に同意を求めた。

ちあきちゃんと呼ばれた少女が屈んで僕の頭に手を伸ばす。にきびが額とほっぺにぽつぽつ。その横の少女もつられて屈む。にきびの少女が僕の頭を撫でる。気安く触るんじゃないよ。思わず唸る。

「わー、怖がってる。でも可愛い。けど、パパが言ったみたいに、こんな時にとても無理よ」

ちあきちゃんの隣の少女が、しょうがないよね、と言わんばかりになだめる。

「みずき姉ちゃんの言うこと、よくわかる。けどー、……けど可哀相。ちあきもめぐ姉ちゃんみたいに私の分、まわしてもいい。だから、ねー、パパ」

「うーん。だけとね、彼らにはまだまだ人間の食べ物は無理だよ。……そうだね、うーん。じゃー、ママはどう思う？」

濃い眉が少し八の字に下がってママを見る。

背恰好も年恰好もママとほぼ一緒、２人ともボディが引き締まって姿勢もいい。この引き締まった体格はひょっとしたら体育会系の職業？

わあー、こうして並ぶと、なんとみんな似た雰囲気、そりゃーそうだ。ファミリーなんだから。けどファミリーと言っても、がたがたの家だってあるもんな。

２人がアウンの呼吸で交わす会話はこの歳にしては珍しいほんわかムード。きっと恋愛結婚だ。

「そうね。パパさえうんと言ってくれるのなら、めぐが言うようにこんな時だからこそ、飼うのもいいかも知れないわ」

「……そうか、よし、じゃー、決まりだ。みずき、いいかな？」パパのお伺いにみずきちゃんもにっこりする。

「私、この子にする」

「ハハハ、相手は猫だよ」

「ううん。でもこの目つき、人間と同じよ」

めぐちゃんは撫ぜていたアナスターシャを抱き上げようとした。「お兄ちゃん」アナスターシャが悲鳴を上げて僕の方に擦《す》り寄った。

「アナスターシャ、こっち、こっちだ」

僕は妹を後ろにやって威嚇《いかく》した。

兄たちも一斉に身体を寄せ合って威嚇する。

「おっ！　警戒してるぞ。ま、ともかく先にブザーだよ」そうパパが言う。

建物は物音一つしない。もう一度ブザーを押す。

ゴトゴトと音がしてポーチに老人が現れる。探るような目つきが優しい一家の姿で瞬時にほぐれる。張り紙を見たと言うパパの話に、老人は頷《うなづ》きながら幾何学模様の石畳の小道を伝って門まで来た。そして波模様に透ける鉄の門扉《もんぴ》を音を立てて開けると、僕たちを見ながら、

「猫の面倒を見ていた家内が、この震災で右足の踵《かかと》の骨を折りましてな。……しばらく

無理をして面倒を見てましたが、今度は左足に負担がかかってしまって、世話を仕切れなくなりました。ま、肥満もあるんですがね。獣医さんはまだ再開してないし、……僕は到底面倒見きれないしで、こうするしかなかったのです。不憫《ふびん》ですが仕方がありません。どうか可愛がってあげてください」と目をしばしばさせた。

「もちろん大事に育てます」の家族の声に老人は、

「いいご家族に出会えてよかった。家内も喜びます。実はお嬢ちゃんが頭を撫せてる子、こいつだけがメスで、アナスターシャという名前がついてます。こいつらの父親の名はロシア皇帝ニコライ、母親は皇妃《こうひ》のアレキサンドラで、アナスターシャは末娘の皇女《こうじょ》の名前です。じゃー、ちょっと待ってください。なんとか残った離乳食と、猫の飼い方の資料を用意します」とくっきり皺の刻む口元を和らげた。

老人の話にめぐちゃんは、

「わー、王女様の名前だって、ステキ！」とこぼれんばかりの笑顔を見せた。どうやらアナスターシャの名は引き継がれるらしい。

その後アナスターシャは、もう一度戻ってきた老人の手の内に、たちまちに捉えられてしまった。僕たちは声を振り絞って、「アナスターシャ」の名を呼び続けた。これが短い妹との別れだった。

あれから1年、あの時頼りなげに宙を掻《か》く小枝のような細い手足と、「お兄ちゃん」と切なげに鳴いたアナスターシャの姿が忘れられない。

でもあんなにステキな一家にもらわれたのだからきっと幸せにやってるだろう。

アナスターシャの嫁入り3日後、今度は僕の婿入り先が決まった。老夫婦の友人宅だ。

新しい家

新しいご主人のコートの懐《ふところ》に抱かれて、この家にやってきた日は、さすがに心細かった。あの「まーま」が口癖の老婦人の声も聞えない。母や兄や弟たちの臭いもない。僕は部屋中をばったばったと走り回って、母や兄たちの姿を探した。だがどこを見てもどの臭いも記憶にないものばかり。そしてこの時になって、

「お前たち、この先どんな環境になろうとも純血種の誇りを忘れずに生きるんだよ」

と言った母の言葉が思い出され、母は子供たちはいずれ一人一人離れて行き、そこでそれぞれの猫生が始まるのを知っていたのだと思った。

こうなりゃー、純血種の誇りを忘れずに生きるまでよ。

家族は高校生と大学生の娘二人に夫婦の四人家族、家業は高級紳士服オーダーの二代目さん。場所は僕の生家を南に下った大通り、三宮駅を北にすとんと向かう長い坂の途中にあり、この辺りは神戸観光のビュースポットだ。

だがここも店舗は全壊、奥の住居も相当の被害を受け、しかも裏のアパートから火が出て、裏庭に面した風呂場近くでようやく消えたらしい。

ダイニングキッチンの壁には、崩れた店から取り出したと言う、先代からの裁断用のどでかい一枚板のテーブルが立てかけられ、その脚に家族のセーターやズボンがぶら下がり、床は段ボール箱が積み重なっていた。

ここの奥さんは老人から手渡された「猫の飼い方」をつぶさに読んで、「銀毛の孫が授《さず》かった」と人間の子に接するように可愛がってくれた。

トイレも最初の頃はよく失敗した。奥さんは粗相《そそう》した場所に僕を連れて行き、そこに鼻を押しつけて叱り、その後尿を拭いた紙を砂の入った箱に入れて、「ここよ、ここがおまえのトイレよ」と根気よくリピートした。

奥さんの苦労の結果か、僕の努力の成果か、まもなくトイレで用を足すことを覚え、寝る場所も決めた。食事もキャットフードの他に「まんま（かつおぶし）」が与えられ、僕は「まんま」が老婦人の「まーま」に似ていたので、「まんま」と言われるとしっぽを振って後を追った。家族は「味、わかるんかな、このかつお、一番高い方のんよ」と首をひねっていたが、僕にしてみればただ老婦人が恋しかっただけだ。

ここに来て2ヶ月、人間に例えたら2歳がきた。

この頃になると、16種類もの鳴き声をマスターし、高い所もへっちゃらで走り回れるようになった。

いたずらもよくした。

棚から本を落したり、テイッシュ箱から紙を引っ張り出したり。最初うっかりティッシュ箱に手を入れた時はギョウテンした。変なものが爪にへばりつき、ギョッとして手を振り回すと、そいつが突然ふあーふあーと宙を泳ぎだして、僕をめがけて襲ってきたんだから。この時体の奥から抑えようもなく、やつを捕《とら》えたいという炎が噴き出した。間髪《かんはつ》いれずそいつに躍《おど》りかかった。前足で一気に抑え込み、歯をたてたのに抵抗一つしない。

「くそー」、鼻先でこついて爪を立てた。ひっくり返してその上に座った。ニャンともワンとも鳴かない。

「なんでぇー、こいつ」

もう一度箱に手を入れて掻き出した。まるで僕を小ばかにしたかのようにふあふあ飛び出してくる。

「こいつ!」どんどん掻き出した。ふあふあ飛び出す。どんどんふあふあ、どんどんふあふあ。どんどんふあふあの山になった。山は時々動いた。

おっ、中に何かいる!

爪を立て腰を落として狙いを定めた。

「グアーッ、ンガーッ」

プラチナの髭をぶったてて山に顔を突っ込んだ。

「?……」

鼻の穴になにかが入ってくる。

「シャーッ、フーッ、グー」払いのけた。

「グググ、グ、ググ、グシャーン!」

ちょうどその時、エミちゃん(末の娘)が部屋に入ってきた。エミちゃんは目を剥《む》いて
「テツ……」と言いかけて「ひえー、猫がくしゃみした」とぽかんと口を開けた。

この頃になると天才児、おっと天才猫かな、と思うほど脳が発達した。だがこんな僕にも一つ弱点があった。外で遊べないのだ。

一歩でも外に出ると、あの日ダンボール箱から見たおっかない情景が浮かんでくる。と足が強張《こわば》って動けなくなる。きっとトラウマとかいう精神疾患だろ。そうさ、猫にだってあるさ。

ところで僕の外見に似ても似つかわしくない名、『テツ』の名付け親は下の娘、エミちゃんだ。

――いつの世にも悪は絶えない。その頃江戸幕府は火付け盗賊改《とうぞくあらた》め方《かた》という特別警察を設けていた。凶悪な獄門領《ごくもんりょう》を容赦なく取り締まるために、独自の機動性を与えられたこの火付け盗賊改め方の長官こそが長谷川平蔵、人呼んで鬼の平蔵である――。の書き下《お》ろし瓦版《かわらばん》からはじまるその頃の人気テレビ番組、池波正太郎原作『鬼平犯科帳』は、豪腕《ごうわん》、切れ者、情が深い、の三拍子揃うお奉行のお頭で、その勇敢な姿は、震災で傷ついた人々に生きる勇気と力を与えていた。

僕が初めてこの家にきたその日も、食後の団欒《だんらん》は『鬼平』だった。しかもその番組を見ている最中に、突然僕に名がついた。

「ねー、ママ、パパが連れてきた猫の名前、鬼平の元の名前、鉄三郎はどうやろうか？強うて賢《かしこ》うて思いやりがある」

「えっ！　鉄三郎？」

エミちゃんの提案に、ママと呼ぶ人は絶句して隣のパパと呼ぶ人を見た。

「ふーん、なるほど、強うて賢うて思いやりがある。うん、えーな、今の神戸には必要な気構えや。よしゃ、気にいった。ほならそれにしよう」

と2秒、いや3秒かな、そう、そんな風にあっさり決まった。今にして思うと、もう少し、せめて1分くらいは考えて欲しかった。

ひょっとしたらプーチン、なになに、ラスプーチンかだって、とんでもない、いくら皇妃お気に入りの占い師だと言っても、あんな色事師と一緒にして欲しくないよな。あいつは本能を口髭《くちひげ》に隠した、ただのバランダー（野菜汁）、僕には皇族に相応する名がふさわしいに決まってるだろ。

ともあれそれ以来鉄三郎、怒られるときはテツ、そしていつの間にかテツが本名に取って変わった。得意満々のエミちゃんは、それ以後悪人をバッタバッタと倒していく『鬼平』を見る度に、「ほらほら、ぐーたらばかりしてないで、お前も鉄三郎みたいに強くて男らしい猫にならな」とカヨねえちゃんの膝の上（そうここは僕専用の席）でまどろむ僕をつっつく。

（うるせーな、エミちゃん。頼むからカヨちゃんとのこの心地よいひと時を邪魔しないでくれよ。それに知っててほしいな。猫にとって寝るってことは仕事、特に子猫の場合は1日の3分の2が睡眠なんだぜ）と薄目でちらっとエミちゃんを見、逆バージョンに首をひねる。がうっかりその挑発にのってエミちゃんの膝に移るともう災難、エミちゃんのいい玩具《おもちゃ》だ。ガビーと足を引っ張られ、しまったとカヨちゃんの方に戻ろうともがくと、「弱虫！」と耳を引っ張られる。

（今日はその手にのらないぞ）僕は薄欠伸《うすあくび》をしながら足で耳の辺りを掻き、寝たふりを決めこした。それにしてもなんとカヨちゃんの太ももは、もちもち弾力のあることか。

あっ、こ、これってママのお腹の下に潜り込んだときと同じ、一緒の感触だ。

僕はカヨちゃんの太ももに思い切りすりすりし、うっとり目を細めた。

「まー、生意気、耳を掻きながら薄欠伸して、揚句《あげく》は眠たふりやなんて」エミちゃんは口を尖《とが》らす。

「エミ、おとなしくしてるテツに喧嘩売ってもしょうないでしょ。それより黙ってテレビ、見たら。これからが本番の捕り物よ」
とカヨちゃんがエミちゃんを睨む。

「テツ、これからが捕り物やって、ならお前も目をあけてよく見れば」

カヨねえちゃんに文句を言われたエミちゃんは、僕に当たる。

（ちっ、まったくうるせーな）

僕は聞こえんふりをして、ゆっくり手足から力をぬいた。

ぼくの脳が発達した理由《わけ》

エミちゃんは色気より食い気が勝る利口でお転婆《てんば》な高校生、朝イチの始動は「寝ぼすけ、生意気、食いしんぼう」、と僕へのやーやーから始まる。

今日も寝坊したのか、バタバタと洗面所に駆け込み、そうしながらも目で僕を探し、見つけると、「寝ぼすけー」とちょっかいかく。

（ヘッ、なんでえー、その言葉。そっくりそのままお返しするぜ）僕は待ってた、とばかりにエミちゃんの方へ駆け寄り、足首に尻尾をからましてちょっかいし返す。

（エミちゃん、こっちこっち、タオルはこっちだよ。ブラシもこっちだよ。ウフフ、可

愛い！　その顔、まるでペットみたい）

エミちゃんの仲良しクラスメートは「ミユキ」と「ミサキ」、ククッ、よく似た名前、これから2人をエムツーと呼ぼう。エムツーらはよく遊びに来た。それにしても3人そろうと、なんと賑《にぎ》やかで大食いか。ぼりぼりばりぱりぺらぺら、なんと口や胃の動くこと。

「まだ元町通りのアーケードが落ちたままでビルも傾いたままや」とぱりぱり、「東門筋（神戸随一の飲み屋街）の建物が全部崩れて通れない」とポリポリ、「地震の真っ最中に全国から集まった窃盗団《せっとうだん》が、百貨店に忍び込んでブランド品をごっそり奪っていった」でバキッ、「今日、ママからレイプが多いから淋しいところは通らないように言われた」では一瞬食べるのが止まった。

だのに奥さんから二度目のおにぎりを、あっという間に平らげ、ヒヒヒ、すげえ食欲。ウエストは必死にベルトで押さえつけてるが、こんもり盛り上って、笑うたびに揺れる、おっと失礼、ピチピチガールなのでそれはないが、今にもはち切れそう。

それにしてもさっきからいい匂いが僕を誘惑する。

たまんないな、この匂い！　僕はエミちゃんの足元にすりすりし「ナオーン」とねだった。けどエミちゃんは食べるのに夢中。しょうがないのでエムツーらにすりよった。だがこの2人もパクついてばかり。

くそー、無視する気か。

「ミャーオ、ミャーオ」僕は精一杯愛嬌《あいきょう》をふりまいて、ゆらゆら尻尾を振った。と突然ミユキちゃんが、「もう、この食いしんぼう！ ハイ、これでもお食べ」と鼻先に黒い紙のようなものを突きつけた。

う、うまそうな匂い。間髪いれずパクついた。

うま！ う、う？ な、なんだ、なにかが上顎にぴったり張りつく。

「シャー、フー、ウウー、ウ！」

勘弁してくれ！ きしょくわるー。

「ギャギャ、ギャーン★」

僕はあお向けに寝転がって、必死に口に手をつっこんだ。顎や頬を引っ掻き、何度も何度も口に手を入れ、必死に頭を振った。けどそいつはぴたっと張り付いたまま。

ヒー、助けてくれ！「ギャーギャッ！」宙を蹴とばして転げまわった。だのにそいつはまだ上顎。

「ククク！ ガハハー！ ハハハ！」

3人はそんな僕を見て涙を流して笑い転げた。

ミユキが言う。「なんや、これ、神戸祭りのおじんサンバみたい」エミちゃんが続く、「マタタビ食べたらこんなになるんやろか」。「マタタビって何?」ミサキが訊《き》く。「よう知らんけど、猫の大好物で猫がそれを食べたら踊り狂うって、昔、うちのおばあちゃんが言うてた。ひょっとしたら猫の強壮剤と違う」

(ひー、強壮剤だって。いくら僕が成猫並みの頭脳だからと言ったたって、まだ乳歯が残ってるんだぜ)

僕は3人を睨むと、鼻水たらたらのたうち回り、ほうほうのていで階下の奥さんの部屋に逃げ込んだ。

奥さんは苦しそうな僕を見てびっくり、

「エミ! テツに何食べさしたの」と2階に駆け上がった。

「えっ? ……海苔、海苔よ。だって、テツ、くれくれとうるさいもん」

よく言うよ、エミめ!

この後水を呑まされてどうにか治まったが、エムツーらの帰り際のなんと小憎たらしいことか。

「おばさん。おにぎり、ごちそうさま。今日は鉄三郎君にごめんね。おばさんのおにぎり、あんまり美味しいんで、夢中で食べてたら鉄三郎君が欲しい欲しいって、しつこく鳴くんで、海苔が残ってたので、それをあげたらあんなことになってしまって。……反省してます」とぷくぷく鼻アドバルーンだ。

（ケッ、反省だったら猿でもするぜ。さらさらくれる気もなかったくせに。それに奥さんも奥さんだぜ）

「テツは食いしん坊だから、時にはいい薬になるかもね」だとさ。

いけしゃーしゃーと言い訳して帰る2人にぶっちょぎれた。

（このチャメら、ただでは帰さんぞー。もしもこの僕が、海苔アレルギーだったらどうしてくれるんだ。死んでたかもしれないんだぜ。動物にだって、尊厳ってもんがあるんだからな）

僕は僕を抱く奥さんの二の腕を引っ掻《か》いて、ツーらの行く手にジャンプした。そうさ、これからはツーらや。

「ひえ！　テツ、どうしたん」ツーらは同時に叫んだ。

（どの時代も悪はなくならない）僕は、『鬼平』のセリフをまねて2人を睨みつけて凄んだ。四肢《しし》を突っ張って、背を弓のように盛り上げると尻尾も全身の毛もビューと逆立ち、普段の倍の大きさになった。

それからさらに、肉球《にくきゅう》に隠し持つ、ご先祖さま秘宝のダイヤそこのけの刀剣をぎらりと光らせた。

このかぎ爪の威力を知ろってんだ。前足に5本、後ろ足に4本、合計18本も有るんだぜ。それにこのプラチナの髭も伊達《だて》じゃないんだ。髭先にちぃーとでも、塵程度のものでも当たりゃ、目をつぶってたって通れるし、ジャンプも超高速や。

「グアッ！　ンガッ！　ウー！」

耳を伏せ唸り声を上げヒゲをビュンと立てて、挑戦の意志を表した。それから「鉄三郎、征伐してつかわす」と後ろ足で床を蹴《け》ちらかし、岩を砕く波のような勢いで、右、左と飛び跳《は》ねた。そーれ、フック、やれストレート、くたばれアッパー、ほれほれジャブ！　気が済むまで暴れまくった。

「コ、コワー！　ヒー、宇宙人の顔みたい！」

チャメらは玄関先で身を寄せ合って立ちすくみ、エミちゃんまでも、

「ヒッ！　こ、これって、ＮＨＫの動物ドキュメントで見たマダガスカルのワオギツネ

ザル（原猿）そっくり」とあんぐり口を開けた。

（はー、ざまーみろ。これですっきりした）僕はじろりと3人を見下すと、「ウウ～ウ～やったぜ！」とほくそ笑った。僕の剣幕《けんまく》にツーらは一目算《いちもくさん》に逃げ帰った。

けれど怒りが静まると、僕をボール投げの仲間に入れてくれたり、じゃらじゃら紐《ひも》でハンター本能を引き出してくれた、彼女らとの楽しいひと時が思い出され、（ま、まだ悪戯《いたずら》精神の旺盛《おうせい》なお年頃、許そうじゃーないか）の、僕のあったかい温情主義の内に収めることにした。

考えてみると、この超天才的な脳の発達も、こうしたチャメらとの交流で磨かれたものかも知れない。

春風秋風、時は過ぎ行く

何とかインフラが整い、痛々しい被災地の街にも4月の花々が優しく風にそよいでいた。そこには人間の力ではとうてい及ばない残酷な自然の災禍《さいか》と、優しい命の営みが共存していた。しかも命の営みはこの僕にも初めての換毛期《かんもう》を知らせくれた。

奥さんは家事、店の復興と目まぐるしく働きながらも、ちょっとした暇を見つけて僕の世話をしてくれた。

食事にシャンプー、グルーミング（被毛の手入れ）、寝具やトイレの清掃、健康管理等々……。

ご主人は目の中に入れても痛くないほどのネコかわいがりだが、奥さんは痒《かゆ》い所に手が届くほどの世話女房型、食べ過ぎて吐きでもしたら「本に嘔吐《おうと》に注意と書いていた」と心配して夜も僕の体調を見守った。

毛の手入れともなると、毎日濡れた手で僕の首筋や背中、わき腹をマッサージし、手に付いた毛を何度もバケツでゆすぎ、（猫の換毛期は春と秋で成猫になると小さなクッションが出来るほど抜ける）最後にブラシで艶を出すと、まるで高価な美術品でも眺めるかのようにうっとり僕を眺めた。

「テツ、お前ってダンディーね。毛並みもこんなに銀色に光って。肌触りはシルクみたいだし、スタイルはいいわ、品もあるわ、男っぷりはいいわで神戸でお前に勝る猫なんていないわよ。それにこの湖の底みたいに神秘的な目、……ロシアの歴史がそのまま伝わってくるみたい。名前もテツよりもロシア貴族の名前の方がよかったかもね」と我が子を抱くように胸に抱え上げて頬をすり寄せた。

胸の谷間はほんわか暖かく、鼓動も音楽みたいで、耳を澄ませると、記憶の底にある、母のゴロゴロの振動を思い起こさせた。

「ママー」僕は奥さんの胸におでこや唇を押しつけて思い切りゴロゴロし、母乳を飲むときのように前足でもみもみした。


7月、いよいよ店舗の再建がはじまった。電気ソーサーだとか、電気ドリルといった耳の穴をかき回すような機械類の音や、頼もしい大工の声にびびりながらも僕は徐々に新天地に慣れていった。

その頃（生後8ヶ月、人間では11歳）どうしたことか歯がいじいじむず痒《かゆ》くなった。なのでその辺の物をめったやたら齧《かじ》り、痒みをとった。

エミちゃんの通学カバンを齧ったときは、本気でエミちゃんに叱られた。おまけに僕をとっ捕まえようとするエミちゃんの手からするりとすり抜けようものなら、エミちゃん、ますます怒って、店のものさしを持ち出して追っかけまわした。

（どんなに追いかけても僕には負けるって）

僕はいつものように、ひらーり、つつつ、ひらーり、くるるーとかわしながらタンスの上や押入れに逃げ込み、突然飛び出しては階段を駈け上がって、エミちゃんを待った。後を追いまわすエミちゃんの真剣な顔。

ウフッ！　こう言っちゃあ悪いが、やっぱりペットだ。

ご主人の「エミ、もう、お前の負けや。許したれ。テツはひょっとしたら歯が生え変わる時かも知れんぞ」にエミちゃん、「もう、パパはいつもテツの味方ばっかりして。ほんなら私に新しいカバン買って、そしたらテツ、許したげる」と大ぷりぷり。

その通りだった。まもなく僕の歯は永久歯に生え変わったのだから。

8月の猛暑、9月の残暑、初めて味わう夏季節は青息吐息の連続だった。食欲もがたっと落ち、奥さんは元気のない僕を心配して、キャットフードのメーカーを変えたり、夏バテが引き起こす病気対策にと、混合ワクチンと猫白血病ウィルス感染症ワクチンを打ちに病院に連れて行った。

いつものことだが病院は実に嫌な場所だった。

奥さんの「お前はロシアンブルーなんだから何事にも耐えなければ血統種の名がすたれるよ」と言う脅《おど》し文句や、プライドのくすぐりがなかったら、注射を見た瞬間、暴れまくってたかも知れない。

今日はスフィンクスとか言う、毛もヒゲもない、耳だけがばかでかい変な猫と一緒だった。これでも猫かよー。

「グアッ！　ンガッ！」

思わずちょっかい出した。と「テツ、どうしたの？　急に偉そうに唸って」奥さんはそう僕を叱ると膝に抱え上げ、耳の後ろを撫ぜながら「お利口にしてるのにごめんなさいね」とその子に謝った。

そうか、これって紳士がとるべき態度じゃないんだ。なんだか軽率な自分が恥ずかしくなった。なので奥さんに撫ぜられたのを幸いにと、寝たふりをした。

診察が始まると、先生は奥さんの方を見て、

「そうそうテツのお母さん、アレキサンドラのことだけど、この前、奥さんがうっかり目を離したすきに雑種と仲よくなってね、５匹も子を産むわ、純血種でなくなるわ、高齢出産やらとで、大変だったのよ。あちらもそれで避妊手術をしたのよ」と言った。

僕は我が耳を疑った。あの気品と誇りに満ちた母がどうして？　なんともショックな話だ。

10月、店が新装オープンした。通りから奥まった入口はオーク材の重々しい扉で、右手ショールームには、英国製の細い縦縞《たてじま》や無地の生地がパイプに掛かり、その下に紳士服オーダー・メード日本一の賞状や英文の賞状が並んでいた。ドアを押して店内に入ると、テーブルセットが並ぶ簡単な応接コーナーで、正面の壁にはクリムトばりの絵が飾ってあった。

カヨちゃんの高校のときの絵だと言う。

その隣の裁断室と称する部屋には、居間に置いていた例の一枚板のテーブルがどっかり再登場し、右横の壁面を巻いた生地がずらりと並んでいた。

ご主人は口数の少ない無骨《ぶこつ》なタイプだが、このテーブルにつくと人格が一変する。かっと見開いた眼と固く閉ざした唇。意志を秘めたきゃしゃな指先が確かな線を探り当てると、鋏《はさみ》を持つ手が魔法を帯びたように動きだして、複雑なカーブが立ち現れる。

主人の口癖、「平面の物を立体に置き換えた瞬間の命の躍動」だ。そして確かな命の手ごたえを感じると、常々のくそ面白くもないといった顔がほころび少年のような面構《つらがま》えになる。

どうしたことか僕はこのドヘンコにも近いご主人に気にいられ、何度も言うが目の中にいれても痛くないほど可愛がられた。なので僕もその愛に答えなきゃーと「テツ、テツ」の声にいつも尻尾を振って後を追いかけ、奥さんの「テツはいつも一途《いちず》ねー」の冷やかしにも、エミちゃんの「テツ、もっとええ男をおっかけなー」の挑発《ちょうはつ》にもめげることもなく。

だが僕のモットーは平等精神、愛想をふりまく相手はご主人に限ったことではない。家族全員に公平にふりまいてるつもりだ。そんな僕をご主人は「お前が政治家になったら世の中は平和だろうな」と、例の鼻根っこにしゅわしゅわー、少年のようなあどけなさでじっと僕を見る。そうさ、これがニーチェの、「世界に平和と微笑の精神」ってもんさ。

涼やかな秋風が吹く頃となった。

歯が永久歯に生え変わると一段と体に力が満ち、透き通った目もますますグリーンを深め、お客からも、

「ほおー。こりゃぁー、立派な猫でんな。この青味がかった銀色の毛並みと宝石のような目は、純潔種でっしゃろな。ところでメスでっか？ オスでっか？」

と聞かれることもしばしば。するとご主人の口元が涎《よだれ》を出さんばかりにほころぶ。

「ロシアンブルーっていう純血種で、オスですわ。ボイスレスキャットと言われるくらいあまり鳴かんのですが、うちのはおっそろしく気が強うてね、家族全員、生傷が絶《た》えんのですわ」

「それにしても見事でんな。それに表情も口角がちょっと上がって、なんや笑うてるような不思議な魅力がありますな。はあー、こなして座っている姿なんぞ、まるで美術工芸品みたいですな」と絶賛する。

「そうですねん、この笑い顔をロシアン・スマイル、と申しましてな、この猫独特の表情ですねん」

ほめ言葉って、なんてこうも気持ちがいいんだろう。美容効果満点のシャワーだ。見つめられるとあらゆる所作を意識した。モデルのようにしなやかに歩くかと思うと、運動選手顔まけの大車輪を披露したりして。なにしろこうも飼い猫に甘んじた生活を送ってるからには、時には猫らしい動作で楽しませてあげなきゃあ。

（強いとか、男らしいだなんて今や古いぜ。ロシアの国を理想の平等国家に導いた、あの不屈のレーニン像だって引き倒されちまったんだぜ。なぜ知ってるのかって？　胎内教育さ。生命の神秘ってものがあるだろ、人間だけが特別だと思って欲しくないよな。と

りあえず僕は僕、現代社会が求める、ニュー鉄三郎スタイルを作るまでさ）
僕はショーウィンドーに入ると、自慢の長い尻尾を前足に巻きつけて、つーんと顔をつき上げながら招き猫ポーズをとった。
こうして僕のダンディーぶりにますます磨きがかかった。

シンボルを失うまで

十一月、精神にも大きな変化が訪れた。

なんと僕はエミちゃんと同じ年頃になっていた。

そうなるとたちまち我が物、我が場所、つまり自分の縄張りを主張したくなった。どの世界も領土を広げたくなるのは男の野望、猫社会では半径50〜５００メートルが1匹あたりのテリトリー、征服方法には尿かけ（スピレー）と爪とぎ（マーキング）があり、人間社会では名刺を置くようなものだ。

僕もダイニングテーブルの下に「はい、ここは僕の場所」で一振り、階段の下も「ここも僕の世界」と二振り、玄関の上り口の下、押入れの中、カヨちゃんのクローゼット、エミちゃんの靴の中、ご主人のズボン、奥さんのスパッツ……と手当り次第に僕自慢の香水を振った。が決して店の品物には近づかなかった。常々ご主人から「テツ、他のもんは何をしても許したるけど、店の品物だけにはいたずらするなや。もしもスプレーでもしたら、もうよう飼うたらへんからな」としっかり諭《さと》されていたから。

我が種は頭脳明晰《めいせき》だ。種の名誉にかけても守ろうじゃないか。

ある日のこと、大型宅急便が届いた。それを受け取ったときのご主人の様子から、それがすごくいいもんだと分かった。

いつ聞いても、包を開くときの紙の擦《こす》れる音には好奇心を煽《あお》られる。ご主人の手元を見ながら尻尾を振る。外した紙を前足で抑《おさ》えたり、空になった箱に首を突っ込み臭いを嗅《か》ぐ。

食いもんでなさそう。けっ！　鼻先で横にやる。

「おーお、テツ、手伝どうてくれてるんか。ありがとさん」ご主人の美しき誤解に「ミューン」恥じながら答える。「なー、テツ、どうや、このゴルフバッグ、真っ白でええ形やろ。この日曜日のプレーに持っていくわな」

今日の笑い顔は格別嬉しそう。

「ミューン、カカカカ」その喜び、あやかりたいぜ。僕はご主人の足もとにすり寄って、すりすり臭いをつけた。切っても切れない仲を確かめるために。

その夜もいつものように我が領土をパトロールした。種族秘術の抜き足差し足忍び足。毛が1本落ちる音すら立てない。

おっ！　入り口奥のホールに夜目に白い袋が口を広げ、ここ、ここと誘っている。

ふー、まてまて、これは罠《わな》かも知れん。

臭いを嗅ぎながら一回りする。食いもんでも生きもんでもなさそう。なら突撃。意外や意外、内部は細長くて手足を伸ばしてもゆうゆうのデラックススペース、エアコンで冷えた身体が温かく包まれる。

ラッキー、これは僕のだ。誰にも渡さんぞ。

「それっ！」さっそく新領土の印づけだ。

翌朝、奥さんとカヨちゃんのぼそぼそ声で目覚めた。このところカヨちゃんのベッドの足元が僕のハイム・テリトリーだ。

そう、この頃僕は生殖本能に命じられるまま、カヨちゃんに恋をした。その息づかい、その鼓動、そのまろやかな雰囲気。パートナーに幼い頃離別した母親の面影を重ねるなんてよくある話だ。

カヨちゃんが電気を消すと、ゴロゴロ喉を鳴らしてカヨちゃんのベッドにもぐりこんだ。

朝通学の用意をしはじめると、後ろから肩に駆け上がってすりすりし、別れを惜しんだ。気を引きたくて男らしさをアピールとばかり、背伸びして壁に爪跡もつけた。

カヨちゃん、どうだい、背が高いだろ。

あほか、猫の分際《ぶんざい》でかって?

ふー、そんな差別語聞きたくないな。それに恋はすべてを空ろにさせる。なのにカヨちゃんは、僕を見捨てて奥さんに同調している。

「カヨ、今朝起きたら、なんと、テツったらパパの届いたばかりのゴルフバッグにスプレーしてたんよ。それもずくずくになるほど。パパに言うたら、しょうない、息子同然やから許したれ、って言うんやけど、もう限界よね、林先生が言うように去勢《きょせい》するべきやろか。去勢したらスプレーが鎮《しず》まるらしいから」

「うん、確かにもう限界よ。壁紙だってこの前張り替えたのにもう爪跡でがりがり、私の身体も生傷たえんのよ。臭いも都会やから夜、窓、開けられんし、香水撒《ま》いてごまかしてるけどこれも限界よ。本人は涼しい顔をして、ほら、まだ寝てるでしょ」

とベッドの布団をはぐる。

「そう、やっぱり。可愛そうやと思うけどこの際、しょうないね」

「ママー、この前も私の靴におしっこして。パパがおニュー買ってくれたから辛抱したけどもういやや」いつの間に来たのか、奥さんの背中越しにエミちゃんが、ぼさぼさの髪を掻きあげながら参加してる。

女は感情の動物だというがまさしくそのとおり。

たかだか尿をかけたことぐらいで、あんなにもぎゃぁーぎゃぁー騒ぎたて、しかもあっという間に子孫保存の法則まで変えてしまうんだから。

それにカヨちゃんがこんな態度を取るとは思ってもなかった。それどころか僕のことを命がけで守ってくれると信じていた。なのにこの有様、女とはこうも簡単に男を裏切れるもんなんかな。心に穴が開いたかのように寂しくなった。

その2日後、僕はオスのシンボルを失った。身から出た錆《さび》とはいえ、これも人間様に委《ゆだ》ねるしかない飼い猫の悲しい宿命、急に領土を広げるのが空しくなった。と同時に女の不可解な行動があほらしくなり、恋なんてばかばかしいとふてくされた。

家族は「ああー、良かった。これで我が家は平穏に戻ったね」と喜んでいるが。

1年が経って今日は18歳の誕生日

冬の訪れが窓を叩く11月の半ば、吾が心にも冷たい風が吹いていた。僕を守ってくれなかったカヨちゃんへの失望感、去勢されたことへの屈辱感、純血種の道から外れた母への不信感が重なって、僕をうつ状態にしていた。せめて母にだけは他の猫と違う凛としたイメージを持ち続けたかった。

僕は人間に抗議できないストレスを抱え、しかも人間の心次第でどうにでもなる動物の弱さをつくづく感じていた。ああー、僕はただのペットかよー。

ある朝、開店早々変なお客が訪れた。

「あのー、ウインドーにいた、あの綺麗な猫、おります」

んん、鈴を転がすような声。

「ああ、なんの用かね」ご主人の愛想のない返事。

「……あのー私、お宅の猫のファンなんです。しばらく見ないので気になって……」

とたちまち主人の顔が鼻根っこにしゅわしゅわだ。

「テツ、テツ、お客さんやで」の声で顔をのぞかすと、ジャケットの上にややこしげな毛を巻きつけたチビデブのおばさんが、あ、失礼、金満夫人が僕を見て目を輝かした。

「わー、やっぱりダンディーでスタイリスト、なんて種ですか」

はー、でも声だけは可愛い。

「……ロシアンブルーって言って、ロシア原産の猫でしてな、その昔、ロシアの貴族がよく飼ってたらしいですわ」と例によっての自慢ばなし。

「そうなんですか、名前、伺ってたら、テツって言うんですね」

「はー、娘が連続テレビもんの、『鬼平』から付けた名前で、鬼平の元の名が鉄三郎で、こいつ、いたずらが過ぎるもんだから、いつの間にかテツになってしもうて」

にその人は急にケラケラ笑いだして、

「実は私、中学生の時の初恋の人の名前が鉄だったんです」と言った。

冗談じゃないで、こんなおばさんの初恋の人と一緒にされたくないよな。いくら猫だと言っても、こっちにだって選ぶ権利があるんだぜ。僕はじろりとおばさんを一瞥《いちべつ》し、さっと我が城に退散した。

「この猫は、人見知りが激しい猫でしてな」

へー、ご主人にしては珍しい言い訳返事、とはいえ、見ず知らずのファンが訪ねて来るとは、自分の存在が一般に知られてること、久しぶりに見つめられる喜びが自尊心をくすぐった。

その月の下旬、家族の団欒は今年初めて催されるルミナリエでもちきりだった。なんでも震災で犠牲になった人々への鎮魂《ちんこん》と復興の意味を込めたイベントらしい。学校から帰ったエミちゃんの、

「ママ、ルミナリエ、12月の1日から12日までで、点灯式に間に合うように行くと、ガレリアっていう光の回廊が一斉に点いて、めちゃ、きれいやねんて」

「へー、それ、いったいどの辺であるん」

「うん、旧外国人居留地から東遊園地にかけてらしいよ。ねー、皆で行こうよ」

エミちゃんはさかんに誘っている。

なになにめちゃキレイだって、だったら僕も行ってみたいよ。恋心は消えたとは言え、相変わらずのカヨちゃんへのほんわかムードを頼みの綱と、カヨちゃんにすり寄ろうとすると、エミちゃんが僕の動きを素早く察知して尻尾に手を伸ばそうとした。

乱暴するなよ。

くるりと伸びてきた手に爪を立てた。

「い、痛ー、こいつ」エミちゃんはそう叫ぶと、今度は足を掬おうとする。さっと蹴ってジャンプでかわすと「もうお前なんか、連れてって、あーげない」

なんというイケズ娘。

そばでカヨちゃんが「エミ、またテツに意地悪してるの。けど、きっとすごい人混みやと思うから、もし、行くのなら誰かが残るかテツを置いて行くかやね」と提案した。

その後20万個も電球が使われるとか、幾何学模様の風景がずっと続いて、それが宮殿みたいにきれいだとか、頭から響いてくるフィーリングソングがいいとか、ひー、僕も連れてって欲しいよ。

カヨちゃんの足に鼻を押しつけてすりすりを何度も繰り返した。が結果は連れて行くと危ないとかで、留守番、やっぱりこれも飼い猫の定め、くそー、残されるからにはスプレー攻撃だ。

12月1日、初日に点灯式が見たいと一家は3時に出、帰ってきたのは日がとっくに落ちた夜の8時だった。「ママ、すごい、人やったね、けどー、めちゃキレイ！　カンゲキ！」のエミちゃんに「そうねー、ここしばらく震災でネオンが消えてたせいか、電気が付いた瞬間、明るさが目に染みて心まで明るくなったね」とママ。「パパ、歓声があがった後、急にシーンと静かになったでしょ。あの時泣いてる人が多かったね」のカヨちゃんに「そうやな、仰山《ぎょうさん》の人が家族を亡くしたり、家を失ったもんな。我が家も店は全壊したけれど、こうして家が残ってなんとか住めるし、それになんと言うても家族が全員無事やった。しかもテツと言う息子まで授かった。実のとこ、わしもルミナリエがぱっと輝いた瞬間、胸がいっぱいになったよ。これが明るい未来に繋《つな》がるといいがな」

ご主人はしんみりそう答え、奥さんも目をうるうるさせた。

そんなしんみりタイムにエミちゃんの「きゃー、ママ、テーブルの下にテツ、おしっこ。ひゃー、こっちもよー」の大声にたちまち家中が騒々しくなった。だがそんな中でもご主人だけは「テツ、きっと一人で寂しかったんや、堪忍したれ」と相変わらず優しい。

僕の誕生日を兼ねたクリスマスイブはエムツーらを交えて盛り上がった。2人はお祝いにと、ふあふあのリボンのついた首輪を僕の首につけてくれた。

今日で1年、人間に例えたら18歳だ。

奥さんも「お前はもう立派な青年なんだね」と考え深げにそう言い、僕を膝に抱き上げた。

大晦日《おおみそか》、初めてここにやってきた時のように、ご主人のコートの胸に抱かれて一家で参拝した除夜の鐘は、無病息災と感謝、亡くなった人々への祈りと神戸の復興への願いだった。

神戸市民にとって意味深いお正月も過ぎ、大地震が発生した時と同じ日時の1月17日、震災後1年の追悼式が始まろうとしていた。

ちっ！　知ったふりして、またかよーなんて眉をしかめないで欲しい。超音波を察知する耳は、頭上から響いてくる取材ヘリの爆音から、脳裏に追いやっていたあのときの地鳴りと、ズタズタに引き裂かれた街並みが蘇《よみがえ》り、僕を不安の境地に陥《おとしい》れていた。ま、そのお蔭でまあまあと言う老婦人の声や、母と兄弟、妹、そう、アナスターシャの声を思い出せたが。

「ママー、ママー、どこにいるの。アナスターシャ、どこだ。みんないったいどこにいるのだ」僕はカヨちゃんの膝の上で家族を思い、蘇った地鳴りの音に震えっぱなしに震え、怯《おび》えていた。僕のこうした異変にカヨちゃんは「テツ、風邪でも引いたの？」と心配そうに顔を覗きこみ、それがみんなにも連鎖した。

（ちがう、ちがうってば）僕はそう叫び怯え続けた。

その2日後、どか雪が降った。奥さんは裏庭が見えるカーテンを開けながら、

「……まだ家が再建できずに学校や公園で過ごしてる人たちには、きっと寒い冬だろうね。暑い夏は冬は寒いと言うけど、ほんとに雪まで降って」

とぼそぼそと独り言を言い、しばらく外を見ていた。

雪は深々と降っていた。

家の中も薄暗く、この日ばかりは僕も炬燵《こたつ》に入り浸り、寝てばかりいた。

5時になった。奥さんは食事の準備で台所に、僕もその気配で起き上がった。この時カーテンの向こうに小さい影が走った。目を凝らすと、

「お兄ちゃん」とアナスターシャの声が聞こえた気がした。

「アナスターシャ」とっさに駆け寄った。窓に並んでドアがあった。手を掛けるとカシャーと音がして開いた。

「アナスターシャ」追っかけて飛び出すと雪がすべてを覆っていた。

「アナスターシャ」僕は小さい影を追った。

「おにいちゃん」「アナスターシャ」

幾度か路地を曲がり道路を横切り、……いつの間にか影を見失った。ふと後ろを振り返り突然自分の置かれた状況に気づいた。そこにはまったく見知らぬ風景が広がり、ショーウインドー越しに見ていたビルの林はどこにも見当たらなかった。

一歩とて家を出たことのない僕には、ぎっしり並ぶビルや入り組んだ道路は巨大なお化け屋敷に見えた。時々音を立てて通り抜ける風は化け物のいびきのようで、そいつが目を覚まして唸り声を上げると、地が揺れ出して、兄弟の悲鳴、物の割れる音、超無音の世界、とあの日のパニックを引き起こした。

恐怖で耳が下がり髭も下がった。寒さに凍え歯を剥《む》いてぐるぐる回った。

雪は容赦なく毛を濡らした。

救われたのは、密集したアンダーの毛が雪をはじき、水分が皮膚に染み通るのを防いだことだ。だが厳寒に変わりはなかった。

ご主人と奥さん、カヨちゃん、エミちゃん、必死に名を呼んだ。声は風に吹き飛ばされ出てないのと一緒だった。肉球が強張《こわば》り全身がコチコチになった。ビルの影に身を潜めて全身を舐め回して水を拭き、寒さをしのいでもう一度周囲を見回した。

のっぽビルの谷間に雪の広場があった。ご主人やカヨちゃんに乗せてもらった乗物に似た形が雪に埋もれていた。

わおー、駆け寄った。がまったく見知らぬ形、がっくり耳を垂れた。ふとクルマの下に雪がないのに気づいた。わっ！　ここに潜り込もう。とヒゲを入れかけた。

その瞬間、

「ウ、ウウ～ウ～、ギャギャギャー、ギャ～」

凄《すご》みのきいた唸り声、爛々と光る目がこっちを見ている。

「シャ、シャー、怖い！」野良猫とかいうやつだ。

「キャッ！　ギャア～ッ！」

おっそろしい剣幕《けんまく》に飛んで逃げた。とぼとぼ歩いた。所々にごみの山がある。この場に及んで初めて知ったが、まだまだ神戸は被災地で、崩れた建物の壁や壊れた窓、家財道具が積み上がっていた。

ごちゃごちゃのごみの山は化け物の排泄物に見えた。排泄物を避けて歩いた。

カヨちゃん、エミちゃん、必死に呼んだ。声は夜の街に空しく響き、消えていった。

あてどなく歩いた。温かい光が溢《あふ》れる家の前に出た。門の前に星形の実がぶら下がっている。食べ物かもしれん！　急に元気が出た。思わず駆け寄った。

「ニャーン、ニャーン、……助けてー」

今度は激しく犬に吠えられた。一目散に逃げた。そこから少し上がると、クの字に曲がる塀の下に小さな穴が開いていた。もはや選《え》り好み、できなかった。

転がるようにその中に入り込んだ。そこはプラ箱や壊れた椅子や机、布団が積み重なっていた。布団と箱の間にちょうど滑り込めるスペースがあり、うまい具合に雪と風を遮断していた。

フルルルー、わー、あったかー。もう一度、濡れた体を舐《な》めて水分を取り、毛に空気を入れた。どのくらい時間が過ぎたのだろう。空を見上げると月がしーんと上がっていた。

空気が澄み雪は止んでいた。

無音の世界は孤独を募らせた。寂しさに涙が流れた。涙で髭が濡れ凍りついた。

無性に人が恋しかった。ご主人の声、奥さんのおっぱいのふくらみ、カヨちゃんのぴちぴちした脚、エミちゃんの可愛い声。

みんなに、あ、い、た、い！

僕は一睡もせずに一夜を明かした。

朝が来た。塀の外を歩く靴音や人声が聞こえてくると、張りつめていた神経が緩《ゆる》み急に眠くなった。

ひたすら寝た。夢を見た。

キャットフードを付けた木の枝が広がっている。「ニャ、ニャ、ニャーーン」手を伸ばしかけてそこで目が覚めた。空腹で胃が引っ付きそうだった。

外に出る勇気もなく、雪を食べたが、冷たさが腹わたに凍《し》みるだけでふくれなかった。

その夜空腹に耐えきれず、ついにそこから出ることにした。髭に当たる空気で体の方向を調節しながらそろりと出ると、すぐ後ろで何か落ちる音がした。

飛び出た。化け物だ！　化け物が僕を狙っている。あの音は相当のでか者だ。

身を縮めて歩いた。後ろから人の足音がした。すぐ脇の植木に隠れて様子を見た。

大柄な女が2人、一つの傘に身を寄せ合ってふらふら歩いてくる。2人は路地の分かれ道に来るとそこで立ち止まった。女の内の1人が不意に泣き出した。「やまちゃんが別れようと言うの」しわんだ声だ。「わかった、わかったわよ。ピンコ、ともかく今日、あなたは少し飲みすぎよ」「けれどこれが飲まずにおれますか」「それにしても、あなたたちうまくやってたじゃないの。どうしてやまちゃん、急に別れようと言いだしたの？」「あのね、……本物の女がいいって言うの。散々私を弄《もてあそ》んだくせに」「……えっ、まさか！……

けどそれ本当の話？　そうだとしたら、くそー、ニューハーフには屈辱じゃないか。よし分かった。まかしときな。この花坊、仇を取ってやろうじゃないか。おっさん、見てやがれ！　もしもピンコを捨てたら、キサマの玉、ぬいてやるぜ」

どひゃー、不思議、女の声が途中から男に変わり凄《すご》んでる。けどまた傑作、その後もう一度女に戻って「ともかくあなたは飲みすぎよ。ちょっとこの上のファミレスで食事をとって、それから帰らない？」「まー、花子、ありがとう。あなたの親切、身にしみるわ。じゃー、そこで私の愚痴を聞いてくれる」「もちよ。それにしても雪、今日で2日目よ」2人は同時に雪を見上げ、どちらからともなく「雪の降る町を、雪の降る町を……」と歌いはじめ、歌いながら路地を右に折れて行った。

2人の歌を聴いてるうちに、エミちゃんの鼻歌を思い出した。もっともエミちゃんは日本語ではない、確か小鼻を膨らませながら、ニューミュージックや、と言ったような気がする。

急に2人が好きになった。僕は2人を追った。

この2人組について行けばなんとかなりそう。

2人は植木鉢をたくさん置いたデッキの張り出した建物の前に着くとその中に入ってい

った。姿が見えなくなった途端、どっと寒さと飢えが押し寄せた。

ほとんど倒れんばかりにデッキの下に潜り込んだ。そこは短い葉が伸びて抜群に暖かかった。先住猫も居そうもなかった。体を丸めて尻尾に顔を埋めた。

人の声も聞こえた。僕は楽器にも似た話声に耳を傾け、そうこうしてるうちにいつの間にか寝てしまった。

目覚めると温かい朝の光が僕の寝ているデッキの下に振りそそいでいた。そしてその日からそこが僕のねぐらになった。ねぐらになったと言うよりも、むしろ必然性の問題だった。どこにどう歩けばいいのかも分からないし、空腹を抱えた体はもうそれ以上動く気力もなかった。それに夜ふけまで人通りのある場所は、僕には親しめる場所だった。

三度目の夕が来た。腹がへって、へって、もはや起き上がる力もなかった。このまま死ぬかも知れない。絶望が全身を取り巻いた。衣食住が足りた生活がどれほどありがたいかを知った。一家の愛情の深さも思い知った。もしも今度あの家に帰れたら、感謝を忘れない猫人生を送ろう。

薄れる意識の中でそう誓った。

母の顔がぼんやり浮かんだ。純血種でなくなったにしても母は誇れるロシアンブルーだった。最後にアナスターシャに会いたいと思った。

そのとき遠くに「テッ！　テッ！」と呼ぶ声が聞こえた。

「テッちゃーん！」という奥さんの声も聞こえた。聞き覚えのある足音が近づいてくる。

無我夢中で声の方に走った。

その後の話から僕は、我が家から３００《メートル》と離れていない、ごくごく近場のレストランのデッキの下で身を潜めていたらしい。

僕はサプライズな大冒険の末、人間と動物の垣根を越えた強い絆を知った。

外界を知った体験は、わずかだが地震のトラウマを越えつつある。

現在、一家の愛情を満喫しながら、癒《いや》し役に徹している。

『癒しのペット』これがニューテツのライフスタイルだ。

Kobe Cat Story

神戸ネコ物語

2

陽の種、たんぽぽ

鯉川筋の軒下で

「ミイー、ミイー、みんなのミイーちゃん」。母、ミイーちゃんは、仲間からそう親しまれて愛されて、またそう言われるだけあって、見目麗《みめうるわ》しく性格も良かった、これは母への葬送の言葉だ。

そう、母は人間の四字熟語、「美人薄命」の言葉通りに子を産んだ2ヶ月後、18歳の若さで生を終えた。ミー（私）をもらい受けてくれたご主人から聞いた話だ。

高架下元町の北、鯉川筋《こいかわすじ》は、ビンテージが売りもののファッションや小物雑貨、飲食店が肩を寄せ合う路地裏アラウンドだ。そこの猫1匹がどうにか通れるほんの隙間《すきま》通り、そう、その軒下《のきした》がミーの出生地だ。

母はそこでひっそり子を産んだ。秋風が物悲しく満月と語らう真夜中のことだった。母は子を産むと、子と自らの身を清め、あらかじめ決めてたかのように、隙間通りを裏から抜けて3軒目の、『ジャックと豆の木』『小雪』のカンバンが下がる木造家屋の植え込みに、

1匹ずつ3匹咥《くわ》えてそこに隠すと、その横でミーたちを抱えてぐったり横たわった。

建物は1、2階ともスナックバーで、そのせいか昼は人の出入りがなく、かといって賑《にぎ》やかな夜がきても、ちっぽけな植え込みなど目もくれずに通り過ぎる客ばかりで、親子が身を潜めるには恰好《かっこう》の場所だった。

「ええっ！　こんなところに子、産んで」

通路を掃《は》いていた箒《ほうき》の音が止み、頭の上から声がした。

さっきからちらちらと用心深く音のする方を見ていた母が、突然起き上がって唸り声を上げた。

「大丈夫、大丈夫やで、そんなに心配せんかって。それよりこんなところにおったら、そのうちに家主に見つかってつまみ出されてしまうでー」

声の主はそう言うと、ぐっとしゃがみこんで母の頭に手を伸ばし、それから慣れた手つきで母の眉間《みけん》のあたりをすりすりした。と母は急に目をとろんとさせてその場に横たわった。

「そうか、そうか、子を産んでえらかったんやな。だったらこの植木鉢で見えんようにしとくからな。……けどー、お前、行き場がないんやろ。うーん、そうやなー、ほんならしばらくここで面倒見たるさかいに、元気になったらどっかに行くんやで」

と顎《あご》から首、喉《のど》にかけてやさしく撫ぜ下し、

「えっ？　お前、子に乳やって腹すいとるんとちがうか、こんなにぐったりして。うーん、ちょっとまっとき。なんぞエサ持ってきたるから」と立ち上がった。

　こうしてミーたちはラッキーにも、猫好きのこの建物の掃除のおばさんに発見され、その日から家主に見つかるまでの1ヶ月間、階段下の清掃用具置き場でこっそり育てられた。だがその間に白黒のパンダ模様の弟は死んだ。母は死んだ弟を咥えると何処へともなく姿を消し、帰ってきた時は母だけだった。


「神野さん、ちょっと来て、物置の中に猫がいるじゃない」

ヒステリックな声に、おばさんは下げていたバケツをその場に置くと物置の前に走った。

そして、

「ええっ！　奥さん、猫、ほんとに居るんですか」

とさも初めて知ったかのような口ぶりで中を覗きこんだ。

「そうよ。階段を上がろうとしたら、猫の鳴き声が聞こえたような気がしてよく見ると、

物置に猫がいるじゃない。あなた、毎日掃除してて気づかなかったの？」

「さー、毎日、ホウキやバケツを置いてましたが、気、つきませんでした。あー、ほんまにいるいる、へへ、こっち見て、可愛いですやん」

「可愛いのはいいけれど、困ったもんね。保健所に電話して取りにきてもらおうかしら」

「えっ、保健所に電話したら、殺されるんと違うんですか？」

「詳しくは知らないけれど、多分そうなるわね」

「奥さん、そんなん可愛相なんと違いますか。ほら、こんなに可愛いい目しとる」

「だったら、どうすればいいのよ。なんならあなたが飼えば」

「うーん、1匹ぐらいやったら飼うてもええけど、2匹もいるし親も居るし。……そうやなー、……奥さん、2、3日待ってもらえんやろか。ちょっと貰《もら》い手に心あたりがあるさかいに」

3日後ミーたちは母の居ないすきに掃除のおばさんに連れ出され、ご近所に住むおばさんのお知り合いとやらに、それぞれ引き渡された。

●——「たんぽぽ」と名づけられたミー

ご主人は美と健康と若返りをサポートする、今評判のリンパセラピスト、《サロン・Ｋ》のオーナーだ。清掃のおばさんとの関係は、おばさんがコスモ会社の清掃中に猫が縁で知り会ったらしい。ご主人は男っぽい外観のわりにはナイーブで、知れば知るほど心優しい人だった。

切ない家族との別れは、鳴き声一つ上げない妹の弱々しい従順さと、そんな妹を守ろうと必死に威嚇《いかく》するミーから始まった。

ご主人はミューミュー泣きわめくミーを、

「わー、私の好きな白い毛。それにこんなに元気やなんて育てがいがあるわ。へー、尻尾は黒白の縞、あら、眉間の辺りは黒毛の八の字、きっとうちの店に運気を呼びいれる相よ。どうやら来年は良い年になりそう」と大喜び、あばれるミーを胸に抱きとめた。と不思議、その胸の丸みに触れた瞬間、母と同じ温もりを感じた。

ワッ、ママだ！　途端にぐーんと安心マークが広がって、びくびくしていた身体の震えが止まった。ミーはママの乳を飲む時のように、胸に顔を押しつけてすりすり甘えた。

飼われてわかったけれど、ご主人はバツイチで息子と娘を持つ２人の母。色は黒いけれどもシャープなショートヘアーがばっちしの小顔美人、ほっそりした身体を強調してるのか、ボディに張りついたようなシャツとパンツが定番だ。

娘は大卒後、いつも一緒に居たい、の恋の幻想に嵌《はま》って結婚、2人の子持ちだ。一方兄の方はまだシングルで、作詞作曲を手掛けるボーカリスト、別れたご亭主がミュージシャンだったそうで、たぶん父親のDNAを受け継いだのだろう、背は母親とあまりかわらず小柄、スリム、ちょっとすねたような唇が特徴の甘ちゃん顔。ちらっと見えた指先はポキポキで骨っぽく、それでいて華奢《きゃしゃ》。初めて出会ったこの日が誕生日だったなんて、神秘の赤い糸の絆《きずな》を感じる。

「はは、ちっちぇー。なんでぇ、このふあふあの毛」

ボーカリストはご主人からミーを手渡されると声を弾ませた。事実 掌《てのひら》 に乗るほどのマスコットサイズ。

眉毛の下まで伸びた前髪のすき間から、ぴかぴかのその向こうを見るような眼差しがじーっとミーを見る。ミーも見る。わー、目がきらきらの王子さま! なんだか嬉しくなってヒゲをピンと立て鼻先を擦りつけた。あれっ! 掌がカサカサ。

「ハハハ、母さん、こいつの名前はたんぽぽさ。このぽあぽあの毛、風に吹かれたたたんぽぽや」

「えっ！　たんぽぽ？　他にもっとないん？」

不満げなご主人に息子はしばらくじっと考えていたが、

「うーん、僕にはたんぽぽ以外、考えられんよ。それにこのぽあぽあの毛、まるで陽《ひ》の種みたいやないか。そうやなー、うーん。……やっぱりどう考えてもたんぽぽしか浮かんでこんよ」の一点張り、そこで決りとなった。

ご主人は前にも猫を飼っていたチョー猫好き、そのせいか扱いもうまく、「怖がらしたらいけないから」と慣れるまでそっとしてくれたので、好きなだけ家の中を探検できた。もっとも昼間はミーだけという環境も幸いしたけど。

一緒に住んで驚いたのはご主人がめちゃ世話好きだということ。7時に目を覚ますと、「猫はキレイ好きだから」とまっさきにミー専用のトイレを掃除し、それからミーの箱ベッドを窓の外でポンポン叩《はた》くと元に戻して、その後冷蔵庫の前に立って「たんぽぽ、たんぽぽ」と甘い声でミーを誘い、「ミューーン」の返事を聞くとすぐに冷蔵庫の中の食べ物を皿の上でこねこねして、「はい、今日もまだ離乳食、けどヒルズサイエンスの缶詰だからおいしいはずよ。それにこの水は六甲の宮水《みやみず》、冬は乾燥しやすいからしっかり飲むのよ。私がいない時も飲むのよ」と床に並べた。

自分用の朝食はご飯に味噌汁、焼き魚。

この焼き魚がやたらミー好みの匂いをまき散らす。たまんなくなって「ミー、ミー」とすり寄っても「だめだと言ってるでしょ。猫には人間の食べ物は食べさせられないの。食べたら胃が悪くなって、毛の色も悪くなって、性も悪くなるの」とでたらめかほんとかわけの分からないことを言って無視、なのに息子には、アレルギーがきついので肉より魚をと、あの好みの匂いのヘルシーメニュー。あーあ、ミーもアレルギーになって一度でいいから、あんなものを食べてみたいよ。

朝食が済むと、たちまち部屋中が整頓《せいとん》される。ちゃかちゃか、ちゃっちゃか、まるで踊ってるみたいに動き回って、めちゃパワフル。8時が来るとベッドの息子に「大樹、目覚ましが鳴ったら起きるのよ。遅刻したら首になるよ」と声をかけ、ミーにも「目覚まし鳴ったら、大樹を起こしてね」と言い残して店まで自転車のカーランナー。

だがこうした3食ごろ寝つきの平和な生活も、新年を迎えて半月が過ぎると、過酷《かこく》な猫躾《しつけ》けトレーニングとやらが待ちうけていた。

日課の目の周《まわ》りの消毒、週2の、濡れたガーゼを巻いた指でゴシゴシの歯磨き。初めてこれをやられた時には、げっ！　となって思わず噛みついたが、ご主人は「いた！　こら、ファーストレディーになるにはキレイな歯が条件よ」と言って止めようとしなかった。それに1ヶ月に一度のイヤーと喚《わめ》きたくなるような、イヤークリーナーを耳に注《たら》す耳そうじと恐怖の入浴。……お尻の穴の点検はまさしくセクハラだった。

世の中ってそうそう甘くないんや。

だがブラッシングは気持ちよかった、毛玉をパウダーでほぐして仰向けに寝かせると、脇の下やお腹の周りをマッサージするみたいにコームスルーし、手足や尻尾は撫《な》ぜるように梳《と》かした。そして手入れが終わると、「リンパセラピーの猫はさすがね、と言われるような美人猫にならないと」と目を細めた。

3ヶ月（5歳）が過ぎた。まわりの世界と自分のつながりがどんどん見えてきて、そうなるとご主人のミーへの干渉《かんしょう》もスキンシップの表れかな、許せるようになった。今日もミーを見つめるご主人のうっとり眼に守られながら、クルクルヒラーリ、ゴロンゴロン、グーの怠け猫だ。

ミーが家族の一員になって8カ月、歯がムズムズ生えかけた矢先に胸が痛むことが起きた。

なんと娘が2人の子供を連れて離婚、ご主人のマンションに転がり込んだのだ。ご亭主の金遣《かねづか》いの荒さが原因らしい。

ご主人は、「一緒に生活すれば、母子家庭の支給と難病支援対策の費用とでなんとか生活できるわよ」と楽天ムードを装うが、自分の部屋に引き上げるとぼんやり考えこんだ。

足元にすりすりしても「うんうん」の上の空、あまりに様子が変なので、「ニャーン、ニャオー」とカリカリ壁掻きで顔色を窺《うかが》うと、「あっ、こら、たんぽぽ、ここは借りてる部屋よ。傷つけたら弁償もんやないの」

案の定ご主人はすぐにそう反応し、「ほんまにあんたは、かしこ馬鹿や。構って欲しいでしょ。こっち見ながら壁掻きするなんて魂胆《こんたん》見え見えよ」

と言いながらミーを抱え上げると、

「たんぽぽ、あんたはいいね、人間界の煩《わずら》わしさを知らんで。雄太（孫）を見てわかったでしょ。雄太は生まれながらの無脳症《むのうしょう》、だから鼻からチューブ入れてごはん食べさせんとあかんのよ。それでね、美里も雄太から目、離せんから働きに行きたくても行けんのよ。あのね、雄太みたいに無脳症で生まれてくるのはホントにすくないの。出産前の検査でそうだと分かると、たいていのお母さんたちは、その子の将来を考えて中絶っていうんだけれど、産まれないような手術をするの。でも、美里にとってははじめての子、私にとってもはじめての孫、それで私たちは奇跡をねがったの。それにここまでひどいとは思わなかった。可哀想に雄太は何もわからずただ生きてるだけ。たんぽぽ、お友達になってあげてね。……さあてさて、いつまでもこんな風にぐちっててもしょうない。これからはもっと頑張って働かなー」

といつもの元気に戻ると、ミーの眉間の辺りをすりすりした。

ああ、それで鼻にチューブが差し込まれるんや。

けれど元気になって良かった！　ミーはご主人の腕から飛び降りると、尻尾を立てて声高に励ました。

「ニャオー、ニャォー、ニャーン、ニャオー」

雄太くんとの会話

娘一家と住むようになって大きく環境が変わった。

今までの2人きりの朝食に娘と孫が加わり、キッチンはいっぱいになり手狭になった。

ご主人の食事も前のヘルシーメニューからパンとコーヒー、目玉焼きにサラダつきと変わったが、まるで前からそうだったかのように、それらを切ったり焼いたりとテーブルに並べると、向かいの雄太くんの寝てるベッドに行き、「おはよー、雄太」と声をかけながら鼻にチューブを差し込み、その後ミーの方を振り向きながら「たんぽぽ、ごはんを食べてる間、雄太を見といてね」とテーブルについた。……そうなんや、雄太くんがこうして生きているのは、ママとご主人の懸命な介護のお陰なんや。だったらミーもすこしは役に立ちたいな。どう、ちょっとはミーにもいいとこあるでしょ。

その日から雄太くんに付き添うのがミーの役目となった。

雄太くんの知能は蛇の脳と同じくらいだと聞いている。

「ウー、ウー」が雄太くんの話し言葉だけど、ミーのヒゲには雄太くんの話の内容がよく分かる。

「えっ！　ご飯終わったからチューブを外してくれって。なになにおしめも濡れてるから替えてって、ちょっと待ってね。呼んでくるから」

ミーはご主人と美里ちゃんの顔を見上げながらここぞとばかり声を張り上げた。

「ニャオー、ニャオー、ニャオー」

なのに美里ちゃんは「どうしたん、雄太くんを見といてと頼んだでしょ」と千切ったパンをもぐもぐ、ご主人も野菜をつまんでばりばり、孫の百花《ももか》ちゃんまでが目玉焼きを突っつくのに夢中、しょうがないんでもう一度様子を見に戻った。

かわいそうに雄太くんは相変わらずの「ウー、ウー」、でもミーには「早くチューブを取っておしめ替えて」とせがんでるのがよくわかる。

「待っといて、もう一度呼んでくる」

けれど三人ともばくばくもぐもぐごくごく。

ひー、鈍感。

「ンガ、ニャ、ニャーン」ミーは尻尾を立て左右に激しく振った。とさすがご主人、「2回も呼びにくるやなんて、雄太に何かあったのかな」と雄太くんを見に行き、「あらあら、ごめんごめん。ごはん、終わってたの」とチューブを外し、その後おしめに手を突っ込むと、

「うわー、かわいそう。うんちにしっこにマンマになってる！」と大げさに騒ぎながらおしめを取り替え、「たんぽぽ、それで呼びに来てくれたん。有難う」とミーの好き好き

の急所、顎から喉にかけてゆっくりなぜなぜした。あ、そこそこ、そこいい！　思わずうっとり目を細め、ゴロゴロ喉を鳴らした。

それからはことあるごとに雄太くんと話をした。

雄太くんは「ぼく、君と同じ年になってるんだけど、生まれた時から無脳症の寝たきりで、一度でいいから自分の足で歩いてみたいよ。くしゃみの力で立てないかな」と悲しい冗談。

あまりにも悲痛なので、このところミーの部屋の前の木の枝にすがって、朝からあほかと思うくらいピーピーしゃべりまくる鳥たちのこと、垂れ下がった耳を重たそうに振りながら歩く隣りのデブ犬の話をして、最後に、

「今日は雲一つない五月晴れ、空に泳ぐ鯉も、日本国中はるか彼方まで見渡せるでしょう」とお天気アナ気取りをすると、

「鯉ってなに？」と驚いた声で訊き返したのにはびっくり。

「うん、池で泳いでる色のついた魚のことよ」と答えると、

「えっ！　……池ってなんなん？　色のついた魚ってどんなん？」

で二度三度びっくり、説明に困ってしまった。

ミーは困り果てて尻尾とヒゲをピンと立てた。言っとくけど、ヒゲと尻尾を立てると頭がよく回るんだ。とたちまち五感が活発になり、そうそうこれ、とベッド脇のテーブルの上の金魚鉢から答えを見つけた。

「ここに金魚鉢があるでしょ。池ってこの金魚鉢がこの部屋の10倍ほど大きい水の入れ物よ」とこのマンションから5、6軒先の、ちょっぴり冒険済みのお寺の池を思い出しながら説明した。

「ふーん、池ってそんなに大きいん」

雄太くんは目玉をくるくるさせて部屋を見回し、

「じゃー、色のついた魚って?」と次を訊いた。

「色のついた魚って、あ、ほらほら、今、金魚が、ほーら、陽で光ったでしょ。それが色のついた魚よ」

に雄太くん、じっと考えて、

「じゃー、この赤い金魚のこと?」と訊き返した。

今度はミーが考え込んだ。金魚って赤い色らしいから。いったい、赤ってどんな色してるんやろ。ひょっとしたら人間は、ミーと違った目の色の持ち主なのかも知れん、これまでミーが見てきた色は、限りなく白黒に近いモノトーンの世界だったから。

みんな雄太くんのこと、無脳症だから何も理解できないと思ってる。けどこうして考えてる。みんなどこ見てるの、もっとしっかり雄太くんのこと見てあげてほしいなー。

雄太くーん。がんばってね。これからはミーが話し相手になったげる。

そこでミーは、今まで誰にも明かしたことのない、自分の身の上話を雄太くんにだけすることにした。

ママのお腹にいたころの話やら、ママが美人で、野良仲間から、ミイー、ミイー、みんなのミイーちゃんと呼ばれて憧れられていたこと。パパの名前がジユウで、肌に張りついたような真っ黒の毛色と、しまったボディがセイカンだったこと、またその名前通りに、ソクバクされる飼い猫の世界を嫌って家出し、ママの「わ〜た〜し〜の、こ〜こ〜ろを、とりこにし〜て」の美声と、雪のように白い毛の色に恋をして、メンキリとか言うボス猫と決闘までしてママを手に入れたこと。なのにその後も未練たっぷりママに言いよるメンキリに、パパの怒りが爆発してもう一度決闘して、今度は逆に深い傷を負って倒れ、そのとき他の動物に、たぶんカラスだと思う、カラスに襲われて内臓を食べられて死んでしまったこと、そんな悲しい運命の中でママがミーたちを産んだこと、なのに自分のいない間に、子供たちが人間の手に渡ってしまい、探しまわってるうちにインフルエンザにかかって死んでしまったこと、妹も弟も死んだことを語って聞かせた。

雄太くんはミーの話に目にいっぱい涙を溜めて、「一人ぼっちの君に比べると、僕は毎日ママや妹、それにいい匂いがするエッセンスで、身体や髪を拭いてくれるおばあちゃんが、側《そば》に居てくれる」と声を詰まらせた。

雄太くんはずっとラジオを聴いてきたせいか、いろんな話を良く知っていた。ミーたちが住んでるこの場所が45億万年に誕生した地球と呼ばれる星で、しかも夜空に浮かぶ月や星と兄弟で、そうした星が何百億万個も何千億万個も何兆万個も集まって宇宙と呼ぶ天体を作り、私たち生き物は、空とつながる海とやらに湧いた細菌だったことを教えてくれた。

「その45億年って、どのくらい昔のこと？」のミーに、

「うーん、気が変になるほど多い数字のことで、何百億万回、何千億万回が想像出来んほどながーく連なった年月のことで、その昔の、その昔々の、ずっと昔の、もっともっと昔の、もっともっと、もっと、もっと、ぐーんともっと昔の」と首を伸ばして言い、ミーも釣られて首を伸ばすと、「かわいい！」と言ってキャーキャー笑った。

周《まわ》りの人には「ウー、ウー」「ウニャ、ニャ、ニャ、ニャーン」としか聞こえないかも

しれないけど、それがミーたちの会話だ。

雄太くーん、ミーたちはどっちかが死ぬまで一緒だよ。

だが私たちの友情もそれまでだった。

雄太くんのお姉ちゃんの方、百花ちゃんが猫アレルギーで、ミーは店で飼われることになったから。そういえば百花ちゃんの頬や額にプツプツが広がって、目も顔も口も腫れている。ミーが憧《あこが》れてたアレルギーっていうもんは大変な病気なんや。

「ごめんね、百花ちゃん」ミーはしょんぼりヒゲを下げた。

寂しがるミーに比べて雄太くんは健気だった。

「君との別れはつらいけど、僕には家族がいつも側にいる。君の方こそ新しい住まいに慣れるまで大変だね。でもあんなにかしこいおばあちゃんがついているから大丈夫。それにおばあちゃんと一緒に来たときまた会えるよ。そのうちにくしゃみを特訓して君の所に飛んでいくよ」と笑わせた。

けれどミーのヒゲには「たんぽぽ、行かないでくれー」と叫ぶ雄太くんの涙まじりの声が聞こえてくる。

雄太くーん。離れて暮らしても、ずっと雄太くんのこと思ってるからね。

ミーが家を出るその朝、ボーカリストも一緒に引っ越した。一家が転がり込んだのをこれ幸いと、一人住まいを決め込んだらしい。

こわごわ店への引っ越しだったたが、初日からミーとミーの名前で店が盛り上がった。

「息子さん、さすがにミュージシャンやね、こんな詩的な名前をつけるやなんて」とか、「へー、たんぽぽって名前？　かいらしい名前やね。名前もかいらしいけれど、容姿かってめちゃ美人やないの」とか、口が悪い人にかかると「たんぽぽ、散歩中に風に吹かれたら、綿毛みたいにふあふあと飛んで毛なしになるよー」とか言って穢《けが》れの知らない乙女心を不安がらせた。みんなの褒《ほ》め言葉をまとめると、どうやらミーはかなりの美人らしい。ご主人によるとこれは母親譲りの器量《きりょう》らしい。母親譲りの器量よしから母に話が移ると、ご主人の声はいつもしんみりする。

掃除のおばさんのその後の話によると、ミーたちを引き渡して帰ると、母は植木の横で悲しげに鳴いていたらしい。しかもおばさんの顔を見ると飛んですり寄って、涙まで流したそうだ。おばさんはこう言い聞かしたらしい。

「あのな、このままやったらあんたも子も殺されてしまうさかいに、私の友達の所に連れてったんや。けどなー、こうするしか生きる道がなかったんや。ごめんな、ごめんよ。

けどみんな大事にしてくれる人たちやさかいにそんなに悲しまんといてなー。それから今日からあんたはうちの家族や。これからはあんたはみんなのミーちゃん、わかったか？ミーちゃんやでー」

となんと偶然にも野良《のら》時代と同じ名前になった。

それっきり母は鳴かなくなったそうだが、2か月後に肺炎を引き起こして死んでしまったそうだ。

木枯らしが、しょぼい窓を叩き、おばさんがカラオケ屋で楽しんでいた夜ふけのことだったらしい。

「きっと、私の留守中に、子を探し回ってたんと違うかな。それに妹の方も半年前に死んでたらしいわ。この前、あの子をもろうてくれた八百屋さんの奥さんに偶然おうて、聞いたんや。最初からあんまり鳴かん子やったから、体が弱かったんやろな」

ハンター坂通りとミーをめぐる野良たち

サロンKは北野坂から一筋西の、ハンター坂と呼ばれる坂道を上って8軒目の、奥に長細いレンガ壁の3階建ての2階部分、それも一番奥だ。3階はこのビルのオーナー一族が住んでいる。すぐ向かいはステンドグラスが美しい教会で、通りの中ほどにも日本で有名な建築家が設計したビルがあり、神戸きっての画廊が入っている。さらに通りを上りきると異人館が競いあう異人館通りで、下りの角は六甲山の宮水とやらでコーヒーをたてる老舗《しにせ》のコーヒー館、その手前は風見鶏のドラマで一躍有名になったドイツのベーカリーショップだ。だがベーカリーショップは現在そこから自転車で十分東の、新幹線の駅近場の教会に移転して、厳かな外観とステンドグラスの窓を生かして、ベーカリーどころかレストランまで経営している。

猫のくせによく知ってるなって、だってご主人とお客さまの会話を聞いてると、この辺のことならなんでも聞いての耳年増《みみどしま》になってしまう。

ミーのビルの入り口にもフランス料理と日本料理折衷《せっちゅう》のレストランがある。なんでもすごーくおいしくて、盛り付けも芸術品みたいで、すぐに食べるのがもったいないそうだ。そのせいか開店1年目でたちまち名の通る店にランクイン。こちらミーのサロンもこの春で2年目。サロンは一歩入ると癒しの野草が漂うフロアで、お客さまは奥のラジュウムの石を砕いて敷いたベッドで30分ほど岩盤浴をし、その後全身マッサージを施される。岩盤浴に浸かるとどのお客さまも、おいしそうなほどピンクの肌になる。ミーも時々この店特性のエッセンスで、脇の下や足のつけ根をクルクルクルーリ、マッサージされ岩盤浴までしてもらう。

この辺でお客さまのことをこっそりチクると、岩盤ベッドでいびき高らかなんてしょっちゅうの話、なのにそんな人に限って「あら、私、寝てたかしら、眠れない性質なのに」とすまし顔、ご主人も「いいじゃありませんか、誰も見も聞きもしませんし、リラックスすればするほど効果が上がるんですから」のとぼけ顔。

ククク、そのおっさんのようないびき、ミー、聞いてたよ、思わず顎を突き出して「ミューーン」とからかった。

店は突き当りなので、ここだけベランダ付きだ。ベランダは前の住まいのキッチンよりも広く、ご主人は目隠し用にと、周りに緑の葉が枝を張る植木鉢を置き、リゾート用の椅子やテーブルを並べた。ちょっとした南国ムードだ。

なのにご主人がそこで休憩するなんてことめったにない。せいぜい店で使ったタオルを干した後ほんの2、3分座る程度で、のんびりリゾート気分に浸ってるのは、ハンガーにぶら下がるタオル族だけ、おまけにご主人をサポートする弟子もいない。

経費が嵩《かさ》むのでカットとのこと。けれどこの空間はあなただけのもの、で予約を徹底し、お客さまもほぼ全裸になるので、プライバシーが守れるとかでうけている。

サロンKの暮らしに慣れるまでは大変だった。

お客さまのいる間は、いつもベランダに置いたドッグハウスに放りこまれた。最初は悔しいので「ナーオ、ナ〜オン、ミーはドッグじゃない」と喚《わめ》き続けたが、しょせんペットの身、ご主人との根くらべはミーの負けとなった。ベランダに放り出された数日後、Kとか言う野良猫が階段を伝い柵を越えて、ミーのハウスに近づいてきた。全身が黒と茶の細かい斑点、背中のあたりが渦を巻いている。しかもその鋭い目がギラリと動いて光ると、その周辺にざっと風が湧き、木の影までがざわついて今にも襲ってきそうだ。

「シャー、シャー」ゲェー、大変！　ざわつく木の影でとっさに全身全毛逆立《さかだ》てた。尾は根本から先までむくむく、ヒゲは垂直、背中は針山、きばって、カミナリ顔負けの唸り声まで上げた。この際ファーストレディーなんてなんのこっちゃや。がそいつはミーの脅かしにもどこ吹く風の厚かましさ。しかも、「やー、たんぽぽ、仲よくしようぜ。おれはK」と馴《な》れ馴れしく近づいてくる。ま、野良のくせに失礼な。ならしょうない、この辺でレディーらしくちょっとかましとこう。

そこでさっきのスケ番ぶりなど知らんとばかりに澄ましこんだ。

「まあー、あなたはどなたさま、どうして私の名前知ってますの？　それにKって私のご主人の名前よ」

ともう一度尻尾をむくむく逆立てた。

「ハー、お前の尻尾ってその程度の太さか。へー、ちんまいな、ハハ、この際言っとくけどな、お前の主人の方が断りもなしに俺の名前を使うとるんや」と、ウヘヘー、ミーの倍ほど尻尾を膨《ふく》らませた。

こ、この太い尾、こわー、やめ、やめてー！　けど負けとれん。ミーはヒゲでそいつとの距離を測りながら平気を装った。

「あら、だってうちの店、オープンしてまだ2年目ですよ」

「俺はここに住んで3年、やっぱし真似しやないか。あのな、俺がお前の名前を知っとるんは、お前の主人の変に甘ったるい『たんぽぽ、たんぽぽ』って呼ぶ声が俺らの陣地にまで聞こえてきてな、その声聞くとみんなへらへら笑いだしてな。その内に、『たんぽぽ、たんぽぽ』って真似し始めてな、おまけに誰かがたんぽぽのことを、『俺らが屁、一発でもこぎゃー、吹き飛んでしまうほどつまらん花やで』と笑いもんにしよってな。けど実はな、俺、あの花、好きなんや、陽の種のように輝いて可愛いもんな、それで『きっと陽の種みたいに可愛い子やで』と反論すると、みんな急にそわそわしはじめてな、見に行くものも出てきてな。ボスなんか、お前の尻の恰好がもこもこして色っぽい、とか言ってすっかり惚れちまってな。言っとくけど、ボスは女に手、早いから気、つけろよ。うっかりボスの褒め言葉にのってついてったら、お前のような世間知らずはたちまちその他大勢の、ボスお抱えの愛人の1匹さ」

ミーは赤くなったり青くなったりしながらKの話を聞いていた。そして最後の部分のボスとやらの話に及ぶと震えあがった。

なにしろご主人の「あのね、野良猫はあんたと違って野蛮だしノミもうつるし、エイズとか言って目や鼻がとろける病気もうつるからうっかり仲良しになったら大変なことになるのよ」って言葉を思いだしたからだ。

そう言えば、このところの不審な目を感じないでもない。ミーはKの忠告に心から感謝した。なのでその後の、みんなのスパイをしてやるからと、しつこくボーイフレンドを迫られても、それも大事かな、とずっこい知恵がわいてきっぱり断りきれず、どうしょう！どうしょう！　とパニくってると、まるで天の助けのように突然店の戸か開いて「たんぽぽ」とご主人が顔を出した。

「ギャッ、ギャア〜ッ」ミーはご主人の胸に飛び込んだ。ご主人は尻尾をまいて逃げていくKに向かって、

「こらー、うちのたんぽぽにちょっかい出すと、ただですまんぞー」とベランダの床をどたどた踏み鳴らした。

ご主人の剣幕《けんまく》に1週間何事もなく過ぎた。もうこれで安心と胸を撫ぜ下していると、なんと陽が燦々《さんさん》とベランダの隅まで降り注ぐ8日目の昼下がり、Kが再び現れた、しかもネコタと呼ぶ弟分を引き連れて。白状すると、ネコタを一目見た瞬間、黒毛が身体にピタッと張り付いたような、ミーのご主人そっくりの、その敏捷《びんしょう》な動きに好感を覚えた。母から聞いた父の姿もだぶる。

そのせいか目が合うと、ミーの心にほんわかと優しいオーラが立ち上った。けれどこの段階はまだ様子見の大切な時期、死んだ母のようなラブソングにはまだ早い。そこでミーは気がある素振りたっぷりに、お尻をネコタのほうに向けて、もこもこもとくねらせながら部屋に戻った。

さてさて一人ぼっちの夜って、年頃のミーにとってどんなに怖くて寂しくて不安なことか。そうなるとネコタの顔が浮かぶ。恋してる自覚はないけれど、急に寂しくなって恋しくなって泣きたくなる。会いたいとどうあがいても店はロック、抜け出すこともできない。ビルは長い通路を挟んでミー側に4軒、向かいに倍の広さが2軒、合わせて6軒、スナックや喫茶店、ヘアーサロンもある。空いてる店もある。

夜になると酔っ払いの声も聞こえてくる。

母や妹たちと聞いた、恐怖のだみ声も返ってくる。おしっこを植木にしていった下品な野郎の靴音も思い出す。ミーは今にも飛び出しそうな心臓を抱えてベッドの下に潜り込み、震えに震えて朝が来るのを待った。待ちに待った朝が来て、ご主人が建物の階段を1歩踏むと、飛んで行ってドアの前に立つ。

ドアが開くと同時にご主人の足元にすりすり、ご主人の匂いを嗅いで「ニャン」と鳴く。ご主人は、「ごめんよ、こめんね、寝ててもお前のことが気になってね。でも百花ちゃんが猫アレルギーやからお前を連れて帰れんしねー、いっそ夜はここで寝ようかな」とか言いだして、「ウソ！」と思っていたら、「ニャ、ニャ、ニャーン」なんと本当にそうなった。

ご主人とお客さまの会話から察すると、ボーカリスト、こと息子の大樹くんは2歳ですでにチェッカーズのハートブレイクを完全に歌いこなしてたらしい。無理もない、父親のスーパーソングを聴いて大きくなったんだから。

別れたとはいえカリスマ親父の影響を受けた息子さんは、中学からギターにのめり込み、高校生ともなるとイエローモンキーズに夢中のイエモン一筋のライブ人生、現在は『スロウ』という事務所を立ち上げて、月に一度、主に『アート』とかいうライブハウスで、活躍してるらしい。彼はとりとか言って最後に歌うそうだ。

ジャンルはロック、毎日が仲間たちとツーカーのロックンロール人生、けど収益はゼロ。だがロックに魅せられた彼らは、それぞれなにがしかの方法でお金を稼ぎ、ライブ青春を燃焼している。

息子さんの性格は温厚、嫌味一つこぼさない。

「息子ってほんとにどこにいても邪魔にならない空気のような存在で、娘や私とは正反対、きっと別れた主人に似てるのね。私がカーッとなって怒鳴ると、そんな言い方しなくても一声飲んで、なぜ怒ってるのか話せばわかるのに、と静かな声でなだめてね」

その後ご主人もえらい。それを聞くと「悪かった。ごめん。じゃー、もとい」と謝り、その後話し合うらしい。

「それに私が主人の金銭問題で苦労したので、その二の舞になったら困るので、男は最低20万は稼いで家に入れなきゃー男でない、って言うと、口の傍に手をやって、僕、おかま、って笑わすのよ」と大笑いし「私がカットして帰ると、あ、母さん、カットしたんか、よう似合ってるやないか、とすぐに気づくし、赤い色のセーターを着ると、そんな色着ると顔が明るくなって若こう見えるでー、と褒めてくれるのよ」とうれしそう。

そういう性格が好感がもたれるのか、日本で売れっ子のミュージシャンも、息子さんの小さな店『スロウ』企画のライブにも出てくれるらしい。店には息子さんとそのミュージシャンのCDが飾ってある。がさすがにロックは流さない。いつもバラード風なメロディーで癒しムードを盛り上げている。中には、「ね、息子さんってロック歌手でしょ。だったら家でも髪を振りみだして転げまわって練習するの?」と訊く客もいる。

転げまわって歌う? ああ、あのことや、と一緒に住んでた頃の大樹くんを思い出す。

お昼のレストランのバイトを終えて帰るとすぐにやり出す、ギター片手のあのロック三昧の日々を。

滑り出しはスロー、スロー、それからクイック、クイックスロー、なになに社交ダンス

やないでーって。真面目に了解。けど次第にリズムに乗り、

「一生に一度だけ満天の星がかがやく」

と立ち上がり、

「それは運命の人を導くため」

で右に左にと激しく身体を振る。

「チチチッ、ニャー！」一緒に腰を振る。

「大樹ちゃん、好きー」声を張り上げて鳴く。

大樹ちゃんが不意に座り込む。記号が躍《おど》ってるような字を楽譜に書きこむ。

ふとご主人の前でこの歌を披露したくなった。

ミーは大樹くんを真似て歌いだした。ロックンロールとやらを。

2本足で立ち、顎を突き出して、

「フギャー、ニャ～、オア～オー」

「人は待つ、なにものかを引き換えにしても！」

「ゴロゴロ、アオ～！」

「愛は探すものでなく、鳥が止まるように訪れる」

尻尾も耳もヒゲもバストも、ヒップまでもくねくね。

「そこではそよ風が優しく吹き」

それそれ片手で宙返りの片足ダンス。

「なつかしい空気が甘く香る」

「ニャーン☆ニャオー♪」

「この胸の思い出に再び火が灯り」

「フルル♪フルフル☆♪　ナオ〜ン・ナオ〜」

のりにのりまくった。ご主人はそんなミーを見てあわてて病院に連れて行った。

「先生、発情期でしょうか、変な声で鳴くんです」

「そうですね。ちょっと遅いぐらいですが避妊しますか」

なんとミーは、母のように燃えるような恋の経験のないまま子宮を取られてしまった。

かりんさんとちりんさん

お店のお客さまに、かりんさんとちりんさんという名の姉妹が来ていた。いつも一緒で、かりんさんの方は主婦、趣味はオカリナ演奏、園芸、うまいもんの食べ歩き。ちりんさんはシングルで、ごまんといるごまん画家の1人。自分でそう言ってるから間違いないはず。店には彼女の抽象画とか言う絵が沢山飾ってある。

「白猫って耳の穴も鼻の穴も、お尻の穴までピンクね。色素が薄いって人間もそうだけど柔らかそうで、どことなく色っぽくって、フフフ、それにまー、この子のお尻の穴ってハート型ね」と笑い転げた。

「ヒー、エッチなごまん画家、あっちに行こう」

ミーはちりんさんの足をわざと跨《また》いで通った。

この2人組は、男1人、女6人の女系家族、小さい時は食べ物から衣服に至るまで、とくに下4人は、毎夜ふろ上がりのパンツの取り合いとかで壮絶な戦いをしたそうだ。父親が毎晩繰り広げられる姉妹の争いにうんざりして、パンツにイニシャルをつけたそうだ。とても仲が良くて、年を取ると姉妹が多いってどんなにいいか、とことあるごとに言っている。

歌を詠《よ》む父親が7人の子供それぞれ考えに考えて名前をつけたらしく、特に末っ子のかりんさんには、終戦後の日本の索漠感を憂いて、せめて可憐な花の名をと思ってつけたらしく、今はちょっと萎れてるが、その昔がしのばれるような顔立ちだ。

この日かりんさん曰く。「この前、主人の母のお見舞いで老人ホームに行ったんだけど、そこのおじいさんに、「うわー、昔の女優さんが来た、サインして、と言われてね」と苦笑い。一方、ちりんさんの方は、父親が歌会の帰りに、千の鈴を振るようなキレイな声になるようにとつけたらしく、たしかに鈴を振るような声だ。家族からは、「千も鈴がついたからうるさいとか、重すぎて背が伸びんかったね、名は体を表すって、よう言ったもんや」と言われてるらしい。ふむふむ、まったくその通り、そばで一声「ミューン」と頷《うなづ》く。

かりんさんは神経質だ。けどむちゃ動物好き、ミーへの対応も一般とちと違う。ひょっとしたら同じ種かなと思ってしまうほど鳴き声も仕草も顔負け。

時には床にごろんと転んで、爪で床をココココと叩いてミーをおびき寄せるという戦術までする。

ミーを真似たかりんさんの鳴き声に、岩盤浴に転んでいたちりんさんの、「今日はたんぽぽ、よく鳴くね」には参った。

ある日2人が帰るころ、入れ替わるかのように次のお客さんが来た。

「あら、今井さんの奥様」

「あらまー、今、終わられたところ?」

どうやら知り合いらしい。さっそくかりんさんが話しかける。

「今井さん、例の男性と香港の骨董市に行かれたのですか」

「それがね、あなた、妹にその人と一緒に行くって言うと、お姉さま、そんな方と一緒に行ってはいけません。きっとお姉さまの肉体が目的よ、と断固反対するのよ」

な、なんときわどい話、すばやく耳を立てる。

「まー、いいじゃーありませんか。二人とも独身なんですから、それに船旅といっても個室がありますから大丈夫ですよ」

「あら、ちりんさん、あなたもそう思われて。……そうね、鍵もかかることだしね」の今井さんに、かりんさんが身を乗り出した。

「今井さん、それは、ちょっと甘いですよ。その内にお酒を飲みにお部屋に伺ってもいいですか、とかなんとか言いだして、だんだんじわじわ距離を縮めてきたりしてー」

その瞬間、ちりんさんがかりんさんの足をギュっと踏んだ。ひえー、なんの合図やろ。

「まー、かりんさんったら。ウフフ、そう、そうよね、男ってみんな危険なのよね。……あ、そうそうだわ。ね、ちりんさん、あなたと一緒に買った例のあの錠前の付いたような補正下着、あれを着ていったらどうかしら」

「えっ！　錠前のついたような下着」

2人は絶句した。

「そうよ、あれだったら錠前がついてるみたいで、安心じゃない」

爆笑の後、「ちょっとトイレ」で消えた今井さんに、かりんさんが「ねー、今井さんって、お歳、80でしょ。ちょっとからかっただけだのに、あんなことを言いだすだなんて、まだまだ枯れてないのね。けどー、錠前のついた下着やなんて発想だけはおお年寄りね」とあきれた声をだした。

人間の世界ってチョー面白、セックスって年に関係ないんや。けど人間ってなんて欲の深い生き物なんやろ。

ミーたちの世界は食欲と種保存の本能だけやというのに。この食欲、お腹が満ちたらそれまでで、人間みたいにどこ産地ワインだとか、どこそこの料理人のレシピだとか、デザートは別腹とか、とてもじゃないけれどそんな欲はない。

いったい人間ってどのくらいの欲があるんだろう。

こうなるともっともっと人間界のことを知ってもいいかなー。ミーは背筋を弓なりに伸ばして大あくびを繰り返すと、手枕スタイルでゴロンポーズを決めこんだ。

Kobe Cat Story
神戸ネコ物語
3

5番町の竜

竜《りゅう》の前口上

『5番町の竜《りゅう》』が俺の名前やがどこでどう生まれたか糞食らえや。やくざの代名詞のようなこの名も、俺の腹に刻まれた竜への賛美、人間に例えると力にたぎる24歳の若造だ。

地下鉄『長田』のすぐ北を朱色の鳥居が『長田商店街前』という看板を頭に仁王立ちしている。四、六時中、結構にぎわうこの通りは長田きっての商店街、もちろん市場ともつながっている。鳥居から5番町、6番町と商店街を北に抜けると、俺の足でひとっ跳びの短い橋があり、橋を渡ると高層マンションががっつ組んで向かい合っている。

共々1階から3階を大型スーパー、他は耳医者、鼻医者、眼医者、歯医者、骨接ぎ屋、といった医療ブースだ。

商店街はどこもみな同じ臭いだ。

和菓子屋、八百屋、魚屋、乾物屋、惣菜屋、髪切り屋、化粧品屋、衣料品屋、薬屋、花屋……。パン屋はこっち向こう筋と二軒もある。百円ショップもある。焼き栗、回転焼き、瀬戸物、小物といった出店もある。下町のはずやが値段だけは三宮のセレブ喫茶顔負けのコーヒー屋もある。その中で学校帰りの生徒たちの胃液にパラリのコロッケ屋は、大受けに受けて一駅向こうの商店街にも支店がある。

俺の出生地は多分このコロッケ屋がある川の土手の上か下か斜めか横、ひょっとしたら今にも流されそうな中州あたりかも知れん。

というのも、気がついたら人間にこっつきまわされ、水をぶっかけられ、揚句は、「おい、こら、こいつ」が呼び名のその日暮らし、よって過去なんて苦々しいエサ探しの記憶にしかすぎん。エサのとり合いでよう喧嘩した。けどそのお蔭で腕っぷしがあがり、いつの間にかどすの効いた鳴き声や態度が板につき、気づくと『5番町の竜《りゅう》』と呼ばれるようになっていた。

これが今までの俺の猫人生のすべてってとこや。

なんでぇー、何ぞ文句あるんか？　なんでそんなうさんくさい顔をして俺を見る。

長田神社が俺たちのエサ場

俺の役割は野良猫の十万匹位はゆうに潜める長田神社の西角のエサ場に、俺の濃厚な臭いをまき散らして陣地を築き、そこに集まった野良仲間を外敵から守ることにある。

仲間は皆、俺と同じみなしご野良、といっても自分の不幸を嘆くなんて、そんなメソクソした奴なんて1匹もおろん。なんせ群るんが嫌なマイペース種族、飯食らう時か、もしくは夜の集会が関の山のコミュニケーションや。

それでも俺は陣地内で仲間がよそ者に襲われると生死を賭けてたたかう。少々でかくてもへっちゃらや。喧嘩なんて最初のメンキリが勝負、犬とも4、5回はやったで。犬が大きなツラ下げて陣地内を歩くもんやから、耳まで口裂いて、犬歯剥《む》き剥きにしくってやったさ。

ハッハッハッ、犬の奴、俺のケンマクにびびりよって、飼い主のおばはんの足元にしがみついてな、とたんに人も寄りよってな、「わっ、この猫、つよー」と見物さ。そうなると俺の腹の竜はよけいに調子づくんや。

そや、ごっつ、凄んだったでぇー。犬のリード引くおばはん、「この猫、どないしょう！　首、伸ばしてシェーやて。ひー、蛇そっくり！」と半泣き。

ハハハー、犬も飼い主もみっともないったらありゃあしない。そもそも飼い主つきなんていくじなし連中、どだいあいつの金玉はノミの金玉程度なんやろ。

てなわけで立ち向かうものは容赦なく半殺しさ。

神社前に小さな庭がある。くすの木、うばめがし、たちばな、枝が広がるくろ松の根元に『市民の森』の立札がある。庭の右隣りを朱色の鳥居、左隣りは木の鳥居、朱の塀に囲まれた敷地は、何百年も生き延びてきたくすの木やおい松が亭々と連なる境内、『市民の森』こと『長田神社』だ。

神社は西暦201年、神功皇后《じんぐうこうごう》肝いりの事代主《ことしろぬし》、皇室守護、国土統一の神として宮中八神殿に祭られ、神話には、関連招福、心願成就、商工業等の守護神を司る国護りの神とある。しかもその月の朔日《ついたち》ともなると、『長田さん』の『おついたち参り』という有難いご神託詣《しんたくもうで》で賑わい、「商売繁盛、家内安全、厄除解除、無病息災、神恩感謝」と人々から篤《あつ》き崇敬《すうけい》を賜る。

節分の追儺《ついな》式はまずは見逃せん。

昼が過ぎるとどこからともなく人がぎょうさん来よって、その内に境内が人息きや人声でいっぱいになると、突然、五臓六腑《ごぞうろっぷ》に染みわたるような太鼓が響き、と同時に長田大神の化身と言われとる鬼らが7匹一斉に現れて、燃え盛る松明《たいまつ》を手に手に、天地四方、国土隅々、除災消滅等と平和を祈って踊り狂うんや。俺らはこの有難い聖地を陣地としとる。なのにこの聖地が神戸市きっての高齢者区域、人口密度も1番低いときとる。けどな、ぽい捨てカイロように聞こえるこの場所も捨てたもんやない。酸《す》いも甘いもなめつくした老人パワーが、エイ、エイ、オーと商店街に熱気と活気を吹き込んでるんやから。

江戸っ子気質？　おっと、しゃれ神戸気質ってもんや。あっち向いてもこっち向いてもじいちゃん、ばあちゃん。けっ！　とそっぽ向かんで欲しい。

そんな連中に大声で言うてやりたい。ここは有名進学高や、甲子園球児を目指す御子息御息女たちがねらい目の文教地区、つまり一流のお受験ゾーンなんやと。

嘘やと思ったらいっぺん来いや。俺の言葉通り、通学タイムになると、ほんの束の間のことやから声潜めるけどな、この通りは若者たちの弾んだ声と若葉のような体臭でむせ返るんや。ひょっとしたら若者たちがふりまくこのエッセンスが、老人たちが熱望する天寿まっとうの媚薬《びやく》となっとるんかも知れん。俺らももれなくそのエッセンスを貰い受けとる。

「おっ！　来た、来たぞ。例の真っ茶色のネコ」

「ほんま、ほんまや。ねっ、ようちゃん。あのゆうゆうとした歩き方、まるでわが陣地って感じやね」

「……木の根っこに座ったぞ。へへー、へえー、ちいちゃん、ちょっと見てみな。あの恰好《かっこう》、まるで人間のあぐら座りと一緒じゃん。オーオ、欠伸《あくび》までして。エエッ？　こいつの鳴き声、オオオーって、まるでほら貝吹いてるみたいだね。ちとそのへんの野良と様子が違うぞ。ハー、何の用やとばかりに僕らの方を見て、おっ、起き上がってこっちに来るぞ。……な、なんや、なんで僕の周りを回るんや」

「クスクスクス、ようちゃん。えらい歓迎されてるやん、きっと、ようこそ東京からお帰り、と言って神戸の臭いをつけてるんよ。まっ、お腹見せてごろんやて。エー？　お腹の部分だけ毛、白いやん。それになにかに似てる」

「……うーん、そうやなー、確かに何かに似てるなー。……あ、日本地図、うん、そうや、竜の落とし子に似てるんや。それにしてもこのゴロンポーズ、態度、でかいぜ。まるで自分の方が偉いと思ってるよ」

「ちゃう、ちゃうよ。きっとようちゃんのこと、ええ男や言うて、友愛の情を示してるんよ。まえ、猫好きの人に聞いたんやけど、動物の一番のリラックスポーズはお腹を見せてゴロンやねんて。けどね、お腹って骨ないやん。そやからそんなポーズを敵に見せたら、すごく危険らしいわ。だからよっぽど安心した相手にやないとそんなポーズ、見せんらしいよ。ウフフ、この猫、ようちゃんのことよっぽど気に入ってるんや。おまけにこのゴロンポーズ、メス猫やったら求愛の印らしいよ。クスクス、ようちゃん。すごいやん。二度目のお出会いでOK、出たんやから」

「馬鹿言え、ちいちゃんがあんなポーズしたら、ワオーだけど、猫なんていらねえよ」

「もう、ようちゃんのエッチー！　ワワワー、やっぱし、ようちゃんが言うたみたいにあの鳴き声、ほら貝や。ほら貝や。猫があっちこっちから現れてくる」

なにがエッチや。あほくさ、俺はぎょろりと2人を睨みつけると、腹に這い上がってきたノミ太をガガッっと噛み殺し、その後2、3回大あくびして一声ほざいた。

「グァッ、ンガッー」

あほ、言え、お前らへの友愛の情なんかであるかい。もうすぐエサ持ってくるおばさんへの感謝と信頼の表れや。

俺はぶるると全身の毛を逆立てると上唇に力を入れた。どや、ヒゲが立つとセイカンな面構えになるやろが。ついでやから言うとくけどな、このヒゲがどえらいすぐれもんなんや。ちぃーとでも、点のようなもんでも先っぽに当たると、暗うてもぶっつからんで済むし、狭うても通れるかどうか分かるんや。それにヒゲ言うても口ヒゲだけがヒゲやないで。目ヒゲ、耳ヒゲ、頬ヒゲ、あごヒゲ、前足のヒゲは足のセンサーや。

いつものように右、左と耳を動かして点呼を取りはじめた。

「ウニャッ、ニャッ、ニャン」

それぞれ答える。

「ニャッ、ニャー、ニャーン」

声が小さい、俺は耳を伏せてうなり声を上げた。

「シェーッ」

従いたくなきぁ、さっさと失せろ。引き止めなんてくそ食らえ。これが俺の猫生モットーや。

「ウニャ、ニャ」

通称『白タビ』の耳がピっと立った。彼女は18歳（生後1年）、足首だけが白タビを履《は》いとるみたいに白うて、ほかは真っ黒、目は神秘の青でたて長バージョン。今が盛りの色っぽい年頃、俺以外のオスが手でも出しようもんなら「ギャオー」、自慢の犬歯裂きでするめにしてやるで。

「ナ～オ、ナ～オン」

恥ずかしがり屋の『テンテン』は手で掬ってメシ食らう。目ん玉はビー玉みたいな緑色、ここに拾われて1ヶ月のごっこ遊びが盛りのほんのガキ猫や。

「フギャー」

へーへー、『ブッチャー』は今日も威勢がええ。ぱっと聞きはどっかの国の大女優みたいな名前やが、あまりにも器量が悪いんで、みなそう呼んどる。けどな、目の色は俺ら仲間内いちの濃い金色、ひょっとしたら生まれがええんかもしれん。

「クアッ、ンガッ」

ウフ、こいつが陣地きってのいけず娘、『チャトラ』。

俺には絶対服従やがいつも誰かにたてついとる。アイシャッターも俺に次ぐ早さで、茶と薄茶の縞模様がトラによう似とる。目色も俺と一緒の金目、金目と緑目はリビアヤマネコが祖先、そいつらが進化してイエネコや。

次の『ダンゴ』やが、尻尾が丸まって団子みたいなんや。それが原因なんかはよう知らんけど、男、まだ知らんらしい。おおかた丸まった尻尾が発情期の臭いの線を止めとるんやろ。

ここで半年目が、灰色に黒い点々が鯖《さば》のような『サバ』。右手と右足、左手と左足を揃えた猫モードの歩き方は、波乗り名人の鯖らもさすがにびっくり。だがこの歩き方が猫がこの世で一番優雅な動物だとされとるんやな。

ところでこの3日間、サバの姿が見えんのや。

みんな、すごー心配しとる。俺も探しまわっとるが、雨が降ったせいか追跡元の臭いが消えてしもうてお手上げなんや。しょうないんでしばらく様子、見とる。

そして茶と白と黒の三毛、『辻が花』。

「こいつがオスだったら5千万はする」

鳥居の横のたこ焼き屋の前で、酒臭いおっさんが目を据《す》えてそう言った。へっ！　俺ら猫族には関係ない人間の金欲物語、まさしく猫に小判って奴や。

さてと。俺とっておきの『ローレン』やが、彼女が迷い込んで来た日のあの姿、あの表情、忘れようにも忘れられん。まるで白い花が、強い風から逃れようとするかのように震え、すがるような目で俺に語りかけてきた。この時俺のオスの甲斐性《かいしょう》がたちまち疼《うず》いた。

俺は思わず自分の鼻を彼女の鼻に突き合わせ、それから尻の臭いを嗅《か》いだ。猫界では俺みたいな濃毛ほど嗅覚がよく発達しとるんや。因《ちな》みに彼女の香りは『みやこわすれ』ってとこかな。彼女も俺のことを嫌やないらしい。逃げんと俺のなすままや。

思わず叫んだよ。

「お前、腹、すいとるんやろ。もうすぐエサのおばさんが来るから、がんばれ、がんばるんやで」

一日でなんか事情がある子やとわかったが、あれから20日も経つのにまだなにもしゃべらん。こんな時は「あなたの過去なんて知りたくないよ」やったな。

メシ持ってきたおばさんも彼女を一目見るなり、

「まー、りりしい子！　あら、尻尾と耳だけが銀色、この尖った耳と小さい顔はシャムが混じってるね。まーま、飼い主さん大変、きっと今頃、探し回ってるわよ」

としげしげ見つめ、それから急にクスクス笑いだして、

「小さい顔やのに目や口が大きくて、その割に手足がすらりと伸びて、なんだかセクシーで野性的。そうそう、まるでソフィア・ローレンのデビュー時みたい」

と言ったかと思うと、

「……竜、竜、ちょっと来て」と突然俺の名を呼び、

「竜、ソフィア・ローレンって国際女優に似たすばらしいレディーが迷い込んで来たわ

よ。あのね、この種は気が強ようてプライドが高いけど、うまが合えばいいコンビになれるはず。うーん、そうね、今日からこの子はローレン。ソフィア・ローレンの名前を拝借したけど、ここに慣れるまでしっかり面倒みるのよ」

白状すると、今の俺は白タビよりも気にいっとる。もうすぐ俺自慢の「アオオオ〜」のラブソングでプロポーズしょうかとまで思いつめとる。

サバ、チャトラ、辻が花、白タビ、そしてローレン。彼女らはほぼ同年齢の花も恥らう18歳（1年）、せいぜい違っても1ヶ月。ただし猫齢の1ヶ月は人間界の24ヶ月。俺らはこの定められた法則の中で、捨てられたり拾われたり恋したり事故におおて死んだりと、全速力でつっぱしって生きとるんや。

さてさて邪馬台国《やまたいこく》の女王と同じ名が陣地きっての老猫、『卑弥呼』。年の頃は60（10年）、野良の平均年齢（5年）にしては倍、生きとる。濁り目に歯抜け、目くそ鼻くそがトレードマークやが、認知症なんてなんのことやとばかりのきらり頭、しかもこの辺りのことは何でもござれの語り部や。

ウッフン、最後の登場がこのブロック唯一のオス猫『5番町の竜』、つまりこの俺。ライオンのようにメスにサービスをして、そのかわり食べさせてもらおう、なんてジゴ口精神はとうの昔に神社に奉納したで。

おばさん、俺たちのことを語る

俺の血液型はＡＢの秀才型、おまけに腹に白い竜を宿しとる。しかもな、そいつが何事か大事を察すると、ちまちまやのうて大事をやで。例えば仲間が人間から危害を加えられそうになると、腹の竜がぎょろりと目を覚ましよってな、鋼鉄の歯は不気味な音で空気を噛むわ、爪は地面を掘り下げるわ、尻尾は熱気球ごとき膨《ふく》れ上がるわで、そうなると本人の俺が制御《せいぎょ》しきれんほど凶暴になるんや。そや、そんな俺の形相《ぎょうそう》を見ると、どんな猫でも、竜さま、竜さまと、俺の前にカシズクんや。毛色にしても、そんじょそこらの野良毛とまるで違うんや。水もしたたるようなまっ茶色のブラウンファー、身体つきは体操の内村航平のように無駄肉なしの筋骨質。眼力も砂漠をフットウする太陽も降参の威力、だのにメス猫のラブソングを聞くと、タタタタッタ、タッタ、タッタ。クククック、クック、クック、と優雅なステップを踏む紳士となる。それを見るとメスたちが寄ってくるわ、寄ってくるわ。

ふざけるな、野良猫に名前なんてあるんかよー、ってか。

チッ！　認識不足ってもんよ、あんなー、おまえらと同じ顔をもつ、おまえらとまるで性根の違う、命の尊さを知った、ＴＮＲ活動をしてるおばさんが俺らに愛情をこめて名づけたんや。

「ねー、ようちゃん。ここに集まった猫、みんなおとなしい目、しとるね。よくみかける野良猫の睨み目なんて1匹もおらんよ」

「そういえばそうだな。きっとエサが足りてるんだろ」

関東のおっさん、いいとこつくで。そうさ、衣食足りて礼節を知るって言葉通りに、食うもんさえ手に入りゃー、臭いやないで、そんなもんで腹なんか張るかよー。胃袋に入れたもんだけが腹を張らすんや。腹が張る、その現実がどんなにすごいもんかてめえらに分かるか？

生きもんってもんは腹が満ちてこそ周りの景色が目に入るもん。エサの心配がないってことは、身も心も広がって相手を思いやれるもんなんや。その証拠に俺の陣地内で食いもんなんかで喧嘩起きたこと、ただの一度もないで。まさしく衣食足りて礼節を知るってこっちゃ。

それにしてもようちゃんみたいに、さとか、ねえぜ、とか関東弁を使うと賢《かしこ》くて強い猫に見えるよな。これからは使ってみようぜ。俺はいたくようちゃんが気にいった。

「あっ、おばさんがきた。前もそうやったけど、エサの入れたカゴ、持ってる」

「おっ、猫たちがおばさんにすり寄って行く。すばやいな。ハハハー、オモシロ。みんな、尻尾、立ててる。いったいなんの合図だろ?」

「ワー、ウフフ、クスクス、ほんま、ほんまや!」

2人は顔を合わせて大笑いした。

大笑いされて俺はむかついた。てめえらにも尊敬の念を示す時があるやろが。俺らは尊敬しとるもんにはこうして尻尾を立てるんや。

「きっと何かの合図よね。……こうしてエサ持ってくるやなんてやさしいおばさんね」

「まったくキトクな人もいるもんだね。あれっ、おじいさんまでがついて来た」

「ほんまや、ようちゃん。私、ちょっと尋ねてみる」

「えっ、尻尾のこと?」

「それもあるけどエサのこと。……あのー、おばさん、みんな尻尾立ててるけど、これ、なにか意味があるんですか?」

「そうよ、可愛いでしょ。これはね、ごあいさつ行動って言うの。子猫って赤ん坊のとき、尻尾をピンと立ててお尻を母猫に舐《な》めてもらって、その刺激で排せつしてたの。今こうして尻尾をピンとたてるのは、子猫時代の母猫への服従と尊敬の名残りで、エサをくれる人にはそうしてるのよ」

「へー、猫ってよく恩を覚えてるんですね。……おばさん、おばさんはいつもこうしてエサを待ってくるんですか?」

「そうよ。飼い主が引っ越しで捨てたり、生まれた猫に困って捨てたりするもんだから、こうしてエサを待ってきてるの。捨てられた猫もいい災難よ。エサをやるようになったのも、ある日ここを通りがかったら、この木の下で、そうこの『市民の森』の立て札の横で、生まれて間もない子猫が1匹捨てられててね。悲しそうに鳴くわ、死にそうな声で鳴くわ、おまけに今にも雨が降りそうだわで、あんまり可愛そうなんで家に戻って、段ボールにビニール袋を被せて持ってきて、その中にその子を入れて神社の軒下に置いて帰ったの。けれどその晩、気になってね。朝覗《のぞ》きに行くと段ボールの中で、なんとまったく濡れずに生きてててね。まるでノアの方舟よ。……その内に、息も絶え絶えな鳴き声を聞いてるうちにだんだんほっとけん気になって、結局『ノア』と名づけて自分の家で飼うことにしたの。我が家は犬は飼ってるけど猫は初めてなの。ところが飼ってみると犬とはまた違う可愛いさがあってね。友達から３ヶ月外に出さなかったら外に出なくなるから清潔よ、と言われてそうしたんだけど、外に出ないので清潔だし、うんちやおしっこも専用のトイレ箱で躾《しつ》けるとそこでしてくれるんで、犬みたいに毎日散歩に連れていかなくてすむから楽なの」

「えっ、トイレを躾けるんですか？」

「そうよ。底が網状の内かごと、尿を受ける外かごがペアのトイレ箱で躾けるの。猫は元来、キレイ好きな生きもん。臭いも外かごに脱臭シートを敷くと気にならないし、エサもキャットフードで済むので簡単。……おとなしいわ、可愛いわでどんどん深みに嵌って、気がついたらＴＮＲ活動という猫を守るボランティア活動をするまでになっていた」

「ボランティア活動？」

「えっ、これ？」

「そうよ、これがそのチラシ」

「そうホカクして、フニン手術してもとの場所に戻してやるの。フニン手術をしたら耳の先を切るのよ。ほら、このまっ茶色の猫のようにね」

　おばさんはそう言うと俺を指差した。

「餌づけするまでが大変なのよ。この抹茶色の猫を見かけた時、なんとなくカリスマ性を感じてね。ああ、この猫をこのままほってたら猫が増え続けるな、と思って必死に慣らしたわよ。目が鋭くて用心深くてエサをみてもなかなか来なくてね。それでわざとエサだけ置いて他の場所に行ってみたの。

　……戻ってきたら、クスクス、食べてるじゃない。そんなことを繰り返してるうちに私を見たら寄って来るようになってね。あの子が来たら他の猫も寄ってきてね。すっかり仲よしになって、それからホカク用のカゴの中にエサを入れて、竜に、あ、この名前、あの子のお腹の模様を見てつけたんだけど、この時、クスクス、竜に諭《さと》したの。これからすることはあんたのため、あんたら仲間が生き延びるためなの。だからカゴに入って私についてて来てね。ちょっと痛い思いするけどフニン手術なの。そうしないとあんたが女の子と仲良くして子供が増え続けたら、あんたも仲間もホカクされて殺されてしまうのよ。

　竜は賢いからじっと私の話を聞いてたわ。多分納得したんだと思うわ。黙ってカゴに入って、抵抗一つしないで手術を受けたわ。このグループでは竜だけよ、カゴに入ってくれたのは。フニン手術ってオスは1万5千円~2万5千で、メスはそれより1万円ほど高いのよ。市に助成金を申請したら7千円ですむんだけど、地域でたったの8匹まででね。

これでは野良猫を増やすなと言う方が無理よね。手術したら耳の先をちょっと切ってね、こうなると保険所といえどもホカクできないの。だって子孫を増やさないから害がないでしょ。それに猫とはいえ、与えられた寿命をまっとうさせてあげなきゃーね」

「ああ、それであいつの片耳、先の方、ちょっと欠けてるんだね。ふーん、神戸猫ネット活動と目的。……へー、TNR活動って、ホカクとフニン手術、モトに戻すことを言うんだね。それにしてもみんなギョウギよく食べてるね。おっ、ちいちゃん、こっちに来な、もう1匹いるよ」

「わー、可愛い！　手ですくって食べてる。ひょっとしたら、まえ、飼い猫やったんやろか」

「そうだな、ギョウギええから、そうかもしれんな」

「あれっ、食べ終わったら顔とヒゲをこすってる」

「ほんとだな。ひょっとしたら顔や口の周りについたエサを落としてるんじゃないかな」

「……訊いてみるね。……あのー、おばさん。エサを食べ終わったらなんで顔をこするんですか？」

「あのね、猫はシンシ・シュクジョの集まりだから食事が終わったら、顔を洗って身だしなみを整えるの」

「えっ、顔を洗う？」

「そうよ。猫は舌と手足を使って全身をくまなく舐めて手入れするの。身体が柔らかいから真後ろまで舌が届くの。そうすることで汚れを取ったり、もつれた毛玉をほぐしたり、自分の臭いを消して敵から身を守ったり、と感覚をとぎすましてるの。でもそれだけじゃないわよ。夏は唾液が蒸発するから涼しくなる。冬は舐めてふあふあの毛にして防寒する」

「うわー、おばさん、猫博士みたい。ところで1日に何回、エサを上げてるんですか」

「朝の7時と夕方の4時ね」

「毎日大変ですね、エサあげなかったらどのくらいで死んでしまうんですか」

「うーん、1週間くらいかな」

「ある日突然来なくなる猫っていいます？」

「ええ、今も3日間来てないのがいるのよ。誰かに連れて行かれたのかなと心配でね。

連れてっても可愛がってくれたらいいんだけど」

おばさんのため息にそばからおじいさんも、

「勝手に連れてって、ポイと捨てる人がいるよってに困るんや」

「そんな時、元の場所に戻って来れます？」

「そうね、５００《メートル》圏内が猫のテリトリーって言うけど、自分の臭いがついてない所だったら帰って来れないかもね」とおばさん。

「じゃー、さまよう野良猫になってしまうのね」

「そうや、わしもそれを心配しとるんや」

「おじいさんも猫が好きなのね。お近くの方ですか？」

「そう、この橋の向こうのアパートに住んどるんや。けど雨が降ると猫のことが心配でな、時々見に来るんや」

「……雨が降ったらどこに隠れるんかしら？」

「この辺は神社の道具をしまう宝物殿や庫裏《くり》や倉庫があるからそのあたりに隠れるんやろけど気になってな。おとついの晩、雨、よう降ったやろ。それで懐中電灯下げて家、出ようとしたら、息子に猫より自分の身の方が危ないやないかって、ごっつ、怒られてな」

「そりゃあー、おじいさん、息子さんが心配するのも当たり前ですよ。じゃー、ちいちゃん、そろそろ帰ろうか」

「はーい、そいじゃー、また今度お会いしましょう、このチラシ、もらってもいいですか?」

「ええー、どうぞ、持っててください」

「はーい、ありがとうございます」

2人は丁寧《ていねい》に頭を下げて橋の向こうに渡って行った。

ちいちゃんとようちゃん

俺はちいちゃんの身の上話を聞きつけた。

俺は2人の帰る方を見た。2人は手を繋いで橋を越えその角を右に折れている。

色々考えた。あの先には鐘つき寺がある。あそこまでは俺の陣地内だ。

後を追った。鐘つき寺の前を通っている。耳をそばだてた。誰もが俺らの耳を地獄耳やって言うが、もっともっとすご技もあるで。テレビの音や人の話し声を消して、壁の向こうの虫の足音だけを取り出して聞けるんや。どや、神わざやろが。

「ちいちゃん、『近道には落とし穴がある』だって、もう3ヶ月も同じ文句だよ」

と男、ちゃう、ようちゃんが言った。

「きっともう1ヶ月もすればお正月だから、その時に替えるんと違う」

「ハハハ、そうかもな」

「ねっ、ようちゃん。私、ここの小道、好きなん。狭い道の端をうまく利用して、いろんな花、植えてるでしょ。見て見て、どれもやさしい野花ばっかし。……あの薄いピンクの花、高山ダリヤって言うんよ。それにこの通り、風が吹き抜ける時、ころりんころころとお琴みたいな音色を立てるんよ」

ちいちゃんはそう言った後、ピンクの花の前で立ち止まった。

「ね、ようちゃん、私、まえ、唐櫃台《からとだい》に住んでたでしょ。その頃の唐櫃台って、まだまだ未開拓地域でちょっと奥に入ると、童話に出てくるような小川の流れる森が広がってたり、樹齢《じゅれい》何百年もの椿が赤い花をいっぱいつけてたり、松尾芭蕉が出てくるような苔に蔽《おお》われた木の橋もあったりで、お墓もまだ土葬《どそう》だったんよ。……私、妹夫婦と一緒に住んでたから、休みの日は妹や妹の子供たちとあの辺りをよく散策してね。ある日いつものように小川の流れる森を歩いてると、妹から〝昨日、子供たちとこの通りを『囁《ささや》きの小道』って名前にしたの〟と言われて立ち止まると、小川のせせらぎがバイオリンの音色のように聞こえてきてね、せせらぎもそうやけど、あっちこっちから色々な鳥の鳴き声が聞こえてきて……、もう、めちゃ感激したわ。それでお店の休みはよくその『囁きの小道』に行ってたん。そこんとこと、ここ、なんとなく似てるんよ。けどその『囁きの小道』、私たちが引っ越した後、開発されてプレハブ住宅のオンパレードになってしもうた。ね、ようちゃん。私たちでここを、『恋人たちの小道』って名づけない？」

「恋人たちの小道？　……うん、うん、すごくいいよ」

そう答えた後、ようちゃんは握っていたちいちゃんの手をぎゅーと握り直した。

「ふーん、この2人、ただいま恋愛中か」

俺は立ち止まって後ろ姿をしげしげと眺めた。

2人は何が嬉しいのか、クスクス、ハハハと笑いながらその小道を通り抜け、その先の急な石段を、「ドウキ、イキギレ、メマイ」「ドウキ、イキギレ、メマイ」と言いながら尻をふりふり上がって行った。

「ちいっ、まったく、年寄りくせえな、俺なら軽くひとっ飛びだぜ」俺は独り言を言いながら、道しるべに石段の脇から首を突き出す細い葉の根に、俺自慢の香水を一振りした。

石段を上りつめると目の前がぱっと広がり、今まで見たこともない、長細い箱を並べたような建物の前に出た。

「ほおー、N高校ってずいぶんキレイになったんだね。まるで大学並みやな。僕、学生の頃、ここで夜間、警備のバイトしてたんや。牛乳を好きなだけ飲んでもよくてね」

「そうなん。そんなバイトもあったんやね。じゃー、ようちゃん、この辺でぼつぼつバイバイしょう。そうやないと、家に帰るん、しんどなるよ」

「いいよ、いいよ。もうちょっと先まで送らせてよ。せめてこの高校の塀が過ぎる所まで。……実は僕、まだちいちゃんと別れたくないんだ」

「ウフフ、ほんとは私も同じ気持ち、じゃー、塀の向こうまで送って」

ちいちゃんの言葉にようちゃんはうなずき、前より一層くっついた。

「ね、ようちゃん、この通り、むちゃ、犬のおしっこの跡があるでしょ。この1ヶ月間、雨、降らんかったから、跡、消えんのよ」

「……まったくやな」

「この前、兄と一緒に帰る時、おしっこの跡、数えたんやけど、数えながら歩いてたら、向こうから知ったおばさんに会って、立ち止まって話をしたら、クスクス、数、忘れてしもうてね。先に帰った兄の話からして、多分、130位はあると思うわ」

「130、へー、すごいんだね」

「うん、それで兄がこの通りを『しょんべん通り』って名づけたの」

「ハハハ、不名誉な名前だけど、むちゃ面白い話だね、それにしてもこの通り、そんなに犬の散歩が多いんかね？」

「うん、多いんよ。うんち取るマナーは浸透したけど、おしっこはそのまんまでしょ。でも雨降ったら天の助けのように跡が消えて無くなるんよ」

2人のやりとりを聞いて、俺は思わずニャ〜と吹き出した。

俺の鳴き声に2人は同時に振り向いた。

「ようちゃん、あの猫、長田神社にいた猫と違う？」

ちいちゃんの声にようちゃんはじっと俺を見た。

「そうだ、あのまっ茶色の竜と言う猫だ。僕らの後をつけてきたんだね」

「ええっ、帰れるかしら？」

「きっと道しるべに自分の香水をばらまいてるさ。それにあいつ、利口そうだから僕の後を追って帰るさ」

「ま、かしこいのね。それにしても、ウフフ、……大変な香水やね」

「まったくや。じゃー、ちいちゃん、お兄ちゃんが心配するといけないから、僕、この辺で帰るよ。明日も会える？」

「うん、星電社に行く用事を作ったからOKよ」

「早く、お兄ちゃんから結婚の許可、もらいたいね」

「ようちゃん」

そこでちいちゃんは立ち止まった。そして、

「この話、ゆっくり小出しにしていった方が成功すると思うわ。なにしろ私たち、両親が亡くなってからこの歳まで、ずっと2人で生きてきたから。それに私、この2、3年、文学を取るか、美術を取るかでさんざん迷って、……最後の展覧会と決めた会場に、東京に転勤した英会話時代の友が定年後に戻って、43年ぶりに再会して、その1ヶ月後に結婚を決めたやなんて言うと、お兄ちゃんに制作からの逃げやと思われるし、それにあまりに唐突《とうとつ》やから、きっと大反対すると思うわ」

「そりぁ、そうだね。でもこれだけは言っとくよ。僕、東京に転勤してからも、ずっとちいちゃんのこと思ってたよ。仕事で失敗して疲れて、一人、ホテルのバーでお酒を飲ん

でるとちいちゃんの顔が浮かんできて、無邪気な笑い声が耳いっぱい聞こえてきて。……実は僕、ちいちゃんのこと、尊敬してたんだ。遊びほうけている振りをしながらしっかり働いて、それでいてさりげなく人に気を遣って。仕事が終わるのが遅いちいちゃんと遊ぶためによくお店で待ったよね。いつもよう通る声でみんなに指示だして……。そんなことか、いろんなことを思い出してたら、涙が出てたりしてね」

「まー、ようちゃん。……よく憶《おぼ》えてくれてたのね。感激！　なんだかこっちの方が涙が出そう」

一瞬ちいちゃんの声がうるうるした。

（おいおい、ようちゃん、それが人間の男の殺し文句かよー）

と突然ちいちゃんが、

「そこまで私のこと思ってくれてたんなら、聞いてもらいたいことがあるんよ」

「えっ、男の話？」

「クスクス、そんなええもんとちゃう。私の青春物語よ。こんな所で立ち話出来んから、ここを右に曲がろう。この長い塀、ここの生徒のマラソンの練習以外はあまり人が通らんから歩きながらゆっくり話、出来ると思うわ」

「分かった、そうしょう」

2人は右に折れると塀に沿って歩き始めた。

むろん、俺もついてった。しばらくすると、

「ね、校舎から外れて一つだけ古い洋館風の建物があるでしょ」

ふんふん、校庭の隅に白い建物がある。

「あそこが名門N高校の通信高校、つまり私の出身校よ」

「そういえばちいちゃんを送って行ったとき気がついたんだけど、正門にN高校、北門にN商業高校とN通信高校の名前があったな」

「うん、N商業高校は夜間部の方よ」

「ほー、そうなんか」

「そうなんよ。それで今でこそ話すけど、私、あの頃、英会話以外に月曜日はここの高校、余暇の曜日は、店の近くのデッサン教室、それにフラワーアレンジメントって、わらじを何足もはいてたん」

「えっ、すごい、すごい話じゃないか」

「いややわー、そんなに驚かんとってよ。それより、まえ、ようちゃんに戦争の話から

我が家は引揚者よ、と言ったことがあったでしょ。父は台湾が日本の植民地時代、高等官だったん。敗戦で故郷に戻って、そこで造船会社を経営して、私が小学校5年生の時に倒産したん。それから台湾時代の友を頼って下関へ行ったんやけど、父、サラリーマンの生活があきたらんかったらしくて、神戸の親戚の貿易会社に新天地を求めて再就職したん。支配人が肩書やったけど実際は工員、肉体労働が戦力の工場で父は無理を重ねて結核になってしもうた。入院も治療費も無料やけど働かな家族が路頭《ろとう》に迷うでしょ。

父、開放性の結核だから伝染しにくい、とか言って病気を隠して働いてたわ。

明け方になると恐ろしいほど咳してね。……食べ盛りの子供が5人もいたから困窮《こんきゅう》して、年中ぴーぴーしとった。だのに母ったら〝貧乏は嫌だ。父さんと結婚したからこんなに苦労させられる〟と不平ばかりこぼしてね。当然夫婦喧嘩の毎日よ。母はその昔南紀州で十本の指に数えられたほどの名家の出でね、そのせいか貧乏や苦労に耐えられんで、おまけにお嬢さん特有の天真爛漫《てんしんらんまん》な性格が裏目に出て大変やった。ああ、いや！　貧乏って本当にいやや」

ちいちゃんはその頃のことがよっぽど嫌だったのか、激しく首を振って、

「父の〝勝子はいい時だけが夫婦の女だ〟という声が今も耳の底に残っててね。そうい

うせいやと思うけどその頃の私、何かにつけて母とよく喧嘩してたわ」

ようちゃんは黙って聞いていた。

「中学を卒業する時に決めたん。この貧乏生活から脱出して経営者になろう、金持ちになろうって。本当は服飾関係に進みたかったけど、父に美容師の方が独立しやすいんじゃないかと言われて、言葉通りに美容学校に行ったわ。高校は店を出してからのことにして、まずは経営者になろうと思ったん。今にして思えば大正解やった。

……まっしぐらに独立を目指したわ。ちょっぴり仕事が出来るようになって、ある日先輩が回してくれたお客さまの髪を仕上げた途端にそのお客さまから〝こんなスタイル、気にいらない〟と目の前で解かれてしもうてね。そんな時はみんな泣くらしいけど、私、泣かんかった。くそー、今に見てろ、やったん。その頃のヘアースタイルは形にはまった硬いスタイルが主で、私はナチュラルなスタイルが好きで、それが私の特徴やった。その内に若い層から指名が入り始めて、いつも待ちが5人とか7人になって、そうしたらあの髪を解いたお客さんから指名されてね。待ちが多いので無理ですって、断ったわ。むちゃきしょく良かった。ね、ようちゃん、その時の悔しさを返すやなんて、本当は私、意地悪なんかもしれん」

「いいや、ちいちゃんの頑張り屋の表れさ」

（ふーん、そういう励まし方もあるんや）

「有難う。……そして22歳で独立、県下の業界では最年少よ。父は私の独立に賭《か》けてくれたわ。最後の財産やった田舎の土地を売って。妹もその頃は大手の旅行社に就職してて、いくらか貯金もあった。その妹からお金借りて姉の主人にも借りて、足らずはローン。……お店を出して2年目に父が亡くなり病弱だった姉も追うように亡くなった。

その時初めて命の儚《はかな》さと尊さを知ったわ。ある日突然姿も声も気配も途絶えて、思い出の中でしか探れない。それからよ、母と寄り添って話が出来るようになったのは。それにその頃お店のお蔭でやっとゆとりのある生活が送れるようにもなってた。すると母の性格がぐっと可愛く変化して、いい面が見えるようになった。

店の方も姉がオープン時から、いつも裏方の仕事を一身に引き受けてくれたわ。妹たちも結婚後、週2ほどはパートで手伝ってくれて、猫の手も借りたいほど忙しかったんで本当に助かった。その逆境がバネになったのか、姉や妹たちは子供の教育に熱心やってね、そのせいか姪《めい》や甥《おい》たちは名の通る大学に入学できたわ。ね、ようちゃん、こんな我が家の自慢は、極貧《ごくひん》の環境やったのに誰も横道にそれんかったことよ。きっと真面目なＤＮＡやったんよね。それに誰からも羨ましがられるほど家族仲がいいの。そりゃー、小競《こぜ》り合い程度はあるけどね」

そう言ったあとちいちゃんは空を見上げた。

「きっとあの窮乏《きゅうぼう》生活が良薬になったんよね。こうして過去のことを振り返ってみると、競争の厳しい業界を生きぬけられたのは、いい人材に恵まれたことと、裏方で支えてくれる家族がいたからよね。ようちゃんと出合った頃の私は店の経営が楽しくて……。それに通信高校もあった」

「そうだったのか。結局ちいちゃんの家族とは挨拶程度で終わったけど、妹さんもお姉さんも美人で性格も良さそうだった」

「有難う、家族のことをそんな風に褒めてもらえるなんて、私、一番うれしい。ね、もう少し話続けてもいい？」

「うん、ちいちゃんのことならなんでも知っておきたいよ」

「そう、じゃー、続けるね。……ラッキーだったんは高校が家から5分、つまりN高校内にあったの。美容業会は月曜日が休みでしょ。それで休日はすべて月面（月曜面接）クラスに当てたわ。

今でこそ身体の不自由な人や登校拒否の生徒たちの受け皿になってるけど、当時は貧しくて高校に行けん人ばかり。

入学者は1000人にものぼったけど、卒業する者はほんの一握り……。

始業式に年間学習計画書を渡されて呆然となったわ。テスト、レポート、スクーリング、1単位につき50分で35週間。出欠の記録は自己管理。生徒数も最初の3ヶ月で5分の1は減ったかな。

そして半年目でまたその位、そして1年で半分になって、2年目でまたその半分、3年になるとみんなで励まし合って勉強したわ。そして4年目、50人ほどがかろうじて残って卒業したわ。ただ一つ悲しかったんは、国立が確実と言われてる友達が卒業間近に事故で亡くなってね。運が悪い人ってどこまでもついてないんよね。私、家に帰って散々泣いた」

「すごいな、そんな話、僕、ちっとも知らなかったよ。僕の目にはいつもにこにこ可愛くて、お金持ちのお嬢さんが親に無理言ってお店を出してもらった、とばかりに映ってた」

（へー、ちいちゃんって声も明るいし、屈託なく笑うけど結構苦労人なんや）。

俺はちいちゃんを見直した。

「……私、苦労を顔に出したくないんよ。卒業してすぐに憧れの美大に入学したわ。これでも年少時代、図工の成績、よかったんよ。美大のオリエンテーションに出た時は感激やった。スクーリングに出て教職員が多いのにはびっくりしたわ。

数学や国語の先生が美術担任に変わりたいとか言うて……。幼稚園の先生も沢山来てた。当時うちの店、主任がしっかり留守を守ってくれてたんで、土、日曜だけ新幹線で戻って、まとめて働いたわ。ある日店に出ると見習いさんが〝先生、匂い、嗅がせて〟とすり寄って来てね、愛しいと思ったわ。あ、その頃よ、スクーリングの間を縫ってようちゃんを訪ねたんが。それも妹から〝ようちゃんほどあなたにぴったりの相手はいない、4歳年下って言うけどいつまでも元気で働いてくれて有難いやないの〟と変に説得させられて、その上〝単身赴任って形の結婚もあるのよ〟ですっかり納得して、それでその気になって電話したんよ。今度こそは結婚しょうと思って」

「そうだったのか。今までの話を聞くと、僕、ちいちゃんのこと、知らなさすぎたよ。知ってれば別の戦術もあったのに。訪ねてきてくれた時もスクーリングのついでだと思ってた」

「ううーん、うきうき電話したんよ。そしたらようちゃん、すぐに来てくれて、食事に連れてってくれて〝結婚してもいいよ〟と言おうとしたら〝実は僕、この秋結婚するんだ。幼稚園で一緒だった人で、僕の実家ともあまり離れてないんだ〟って幸せそうな顔をして……。

途端《とたん》にやっぱり私は仕事に生きるべき人間なんや、と嬉しいような寂しいような複雑な気持ちになって帰ったわ。美大を出てから初心に戻って一生懸命働いたわ。それからのライフスタイルは仕事と絵になった。毎日毎日仕事の後は店で絵描いて……。

店は広いし水も出るし土足でもいいし、大きな絵を収納する倉庫もあったんで制作にはぴったりやった。団体展に出したりグループ展に出したり個展もしたりで充実した生き方やった」

「ふーん、僕の方は吉永小百合が僕と同じ空の下にいる、と言うことを慰めに、ちいちゃんを待って待って待ち続けて、その結果諦めて母の縁談にのった。だから結婚が遅かった。僕たちはボタンをかけ違えてたんだね。それにしても僕の学生時代はアルバイトで稼いだお金で海や山に行って、これが青春だとばかりにテニスに明け暮れてた。だのにちいちゃんは、僕とまったく違う世界で頑張ってた」

「うん、胸を張って言えるわ。『わが青春に悔いはなし』って。意気揚々《いきようよう》、仕事に絵、と励んでたらあの大震災よ」

「そう、僕もすぐに実家に電話したよ」

「寝てたらベッドが回った気がしたの。兄が下から大丈夫か、と2階に上がってきて、えっ、これって何？　とベッドにしがみついたら居間の方からしゃらしゃらしゃらと物が落ちて重なるような音が聞こえてきて、はっと見ると飾り棚からすべての食器が落ちて、……絨毯にブランディーが流れていい匂いしてた。あんな時やのに兄ったらもったいない、すすりたいって言うんよ。それから洋服一杯重ねて、下の部屋に行ったらお仏壇が倒れてて、この時初めて、えっ、これって地震なんやと、気、ついた。そしたら2度目の余震が来て、ガラス窓が大きな音を立てて揺れて、家も揺れて、慌てて外に飛び出したらあっちこっちの塀が倒れてて、隣の家も我が家側に傾いてた。うちの家は建て直して2年目やったんで一部損壊で済んだけどね。それから姉や妹の家がすごく心配になってきて。

ラジオであの辺りは大丈夫、というニュースを聞いた時はほんとにほっと胸を撫ぜ下したわ。……すぐ近くの学校に逃げたんやけど、しばらくしたら坂道の下の方が灯がついたように明るくなって……、まさか火事やないよね、と周囲の人たちと話をしてたらやっぱり火事で、その辺り一帯が焼け野原になってしもうた。

学校に３日間避難して……、避難した人の中には、地震の前日に結婚式を挙げて地震の日に新婚旅行に行く予定やった、と言うカップルもいて、猫や犬も連れてきてたわ。笑い話みたいやけど〝動物は人間よりも直感が鋭いらしいから、ワンワンとかニャンニャンとか鳴いて知らせてくれんかったんか〟と訊いてる人もいたけど、全然やったらしいわ。犬は怖がって蹲《うずくま》るわ、猫は恐怖でぱっと目、開いたまま動かんかったらしくって、……結局なんの役にもたたんかったらしいわ」

（なになに目を開いたままでなんの役にも立たんかった？　俺は赤くなった。俺は震災を知らんが、もしも家が燃えてたり、崖が崩れてきたりしたら、きっと同じようにパニくったやろな。俺らも人間と同じ、怖いもんは怖いさ）

「食事の時間になると兄が取りに行ってくれたんやけど、いつもパンばっかり。それで私が行くことしたんやけど、行ってみるとおにぎりの奪いあいで、もうもう大変、それで、クスクス、やっぱりパンになった。パン下げてきた私を見て、兄、笑ったけどね。……３日目に妹夫婦が通れる道を見つけたと言って毛布を持ってきてくれて、涙の再会よ」

「僕の実家も僕の家以外あの地域一帯ほとんど壊滅《かいめつ》状態」

「ようちゃんとこ、兵庫高校の近くやったね」

「うん、……あの高校、僕の出身校だよ。すぐ近くに活気のある市場があったけど全部つぶれて、今は住宅地になってる」

「あの時駆けつけた妹に〝落ち着いたらお店、再開できるから〟と言うたら〝何言うてるの、ちぃちゃんとこのビル、仏壇倒しに道路を塞《ふさ》いで、おまけに幹線道路やから車が通れんようになってて、大変なことになってるんよ〟と言われてびっくり。テレビがまったくだめやったから、そんな情報、届いてこんかったんよ」

「そうだろうな。まだまだインフラ整備にまで手が回らなかっただろうからな」

「……それから4日目にビルのオーナーから、今日からビルの解体を始めますから必要なものがあれば取り出して下さい、と連絡があって、兄と一緒に歩いたりバスに乗り継いだりしながら三宮に行ったんやけど、駅前も新聞会館も、あの辺り一帯の大きなビルも、百貨店も市役所も、どこもかしこも無残に崩れてたり倒れたりしてて、まるで戦争の後みたいやった。

うちのビル、9階建てやったから4車線道路をまたがって塞いで、……それを目の当たりにしたら、まるで宇宙からの超巨大な落下物に見えて足が震えたわ。ビルを取り除くのに3日かかって、おまけに店、地下やったから入るのもその後……。けどその間も時々余震がきて、生きた心地せんかったわ。もうそこで再開できんとわかって、無事やった近くのビルのオーナーに電話して仮店舗を確保したわ。4か月後お店を再開した時、お客様から励ましのついたお花が、お花屋さんと見間違えるほど届いてね、……もう、自分はなんて恵まれた人間なんだろう、って感激したわ」

「そうだよ。僕はちいちゃんの前を向いてひたすら走る、そんなところが好きだったんだ」

「……ね、私が文章を書くようになったんは、震災後電気と水が届いて、初めて手にしたCDが、ミサ曲『ミゼレーゼ』だったん。聴いてると心が洗われるように透明になって、その時、父の書け、書けって声が聞こえてきてね。本当にそう聞こえたんよ。夢中でペンをとったわ。きっと眠ってた父のDNAが地震でゆさぶられて目覚めたんよね」

そこでまたちいちゃんはクスクス笑った。

「最初の頃は書いてるのが兄にばれるのがいやで、兄が2階に上がってくる気配で、ベッドに隠したりしてね。……そうしてたらある日、そんなに隠さなくても書きたければ書けばいいじゃないか、と言われて。……ウフフ、ばればれにばれてたみたい」

「ハハハ、でもそれが良いきっかけになって、ちいちゃんも文学の世界に飛び込めた」

「そう、そういうことよね。ね、父の事やけど、戦時中、父、仕事の傍ら歌人としても活躍してたんよ。理系に進んだ兄が就職活動もせんとバイトを決め込んで文学界に飛び込んだ時、父、がっくりしてたわ。いくら文学に理解があったとしても、生半可《なまはんか》な文学で生活できんことを誰よりもよく知ってたと思うから。でもこれも父のDNAよね。結局父と兄は絶縁状態。だけど父が亡くなる時、兄は必死に看病したわ。私がお見舞いに行くと、父ったら〝あのね、ちいちゃん、看護婦さんたちがひっきりなしに来てくれるんだよ。どうやら耕が良い男だかららしい〟って自慢するの。兄は寡黙《かもく》で彫りが深くて、妹の欲目でないけれど、役者向きの顔をしてたわ。傑作な話があって、所属してた劇団で、セリフを忘れた俳優に舞台の陰でセリフを教えるプロンプターって言うんだけど、それを兄が受け持ってた時〝ミツバチが飛んでる〟と言うセリフを、間違って〝ハチミツが飛んでる〟と教えたらしくてね、舞台後演出家にかんかんに叱られたそうよ。……色々ありーの我が家やったけど、私を含めて我が家の女どもは、みんな芸術家が大嫌いやった」

「えっ、なんで芸術家が嫌いなん？　僕らから見たらかっこええに尽きるけど」

「ううん、あの世界の人たちは自分のことしか頭にないんよ。父にしても下関時代、姉

2人は結婚してたけど学齢期の子供が5人もいたんよ。おまけに私の2つ上の姉は先天性の心臓病で苦しんでいた。なのに定年後まで約束してくれた会社を振り切って新天地にトライ、こんな境遇でそんな冒険許されると思う?」

急に突然ちいちゃんの声が苛立った。

(こりゃー、怒っとるな。けどちいちゃんが怒るん当たりまえや。親は真剣に子の未来を考えたら、自分の夢は夢で置いとかんとあかん。俺だって、ま、俺の場合はただの情熱の落とし猫やけど、その後が悪い。子が野良になるのを知りながら、ぽい、や。そんな親どこに居るか?　ちいちゃん、一緒に怒ろう、一緒に泣こうよ。)

「兄にしても病気を押して働いてる父を知りながら、バイトで繋《つな》ぎながらの文学の世界、この2人が共通して言えることは、泣きたくなるほど優しくて純粋で、そやのに氷のようにエゴイストなん。かのゴーギャンだって、明日から妻子が路頭に迷うのを知りながらタヒチに渡った。ただ一つ救われたんは、小さい時父がラジオ替りに毎晩子供たちに本を読んでくれたこと。アンデルセン童話集、トム・ソーヤの冒険、赤毛のアン、子供は風の子、善太と三平、ほら吹き博士等々よ。……アルハンブラ宮殿の物語になると心臓がどきどき躍《おど》ったわ。

荒れ果てた宮殿が夜になると復活するん。ラッパの轟《とどろ》きと同時に白馬にまたがった王が兵士を引き連れて夜空を駆け巡って、噴水の吹き上がる広場に着飾った王妃や王女が現れて、その周りを白ダッタンと黒ダッタンの兵士や侍従たちが輪になって踊るん。妹たちと目を輝かせて聞いたわ。それから歌、父、昔、バイオリンも弾いてたんよ。だから古城とか、かやの木山とか三木露風のふるさととか、いい歌ばっかりやったわ。

家も村はずれのミカン山に在って、電気も水道もなくて夜はカンテラの世界、水も山水やったんよ。神戸の極貧《ごくひん》時代、私たち姉妹を繋いでたんはあの頃の本や歌よね。一小節読んで題名を当てっこしたり、感想を言いあったりして、教えてもらった歌もよく合唱したわ。考えてみると、デリケートな父には母のような性格が合ってたんかも知れん。そうやないと子供が育たんもんね。多感な年頃、私たちは父の姿を見て母を見て兄を見て。時には憎み、それでいて大事な人やった」

塀を左に折れ右に折れ、N高校の門に戻ってきた所でちいちゃんが、「ね、このベンチに座ろう」としょんべん通りの手前の、こんもり葉の茂る木を囲むベンチに腰かけた。

（まだかいな）俺は急にいらいらした。2人を置いて帰ろうとしたが話の顚末《てんまつ》も知りたい。しょうないんでしばらく待つことにした。

ベンチの後ろは低い崖が続き、崖の上から陣地と同じ木が四方八方枝を突き出している。俺は石組みの下で寝転んでるような雑草に、しょんべんしながら２人の様子を伺った。

「ところが絵の世界を知ってから、私も父や兄のようにお金以外の何かを求めるようになった。兄の目的が金と割り切れたらどんなに生きていきやすいか、と言った言葉も理解できるようになった。どんどん絵の方に傾いていって、だのに店を捨ててまで絵の世界に浸かる気もなかった。この年になってわかったけど、当時の私って、あまりにも商売人になり過ぎてた。

言い訳になるけど、45年間もお客さまの心に白地に淡く七色に染め続けてたら、自分の本質が見えなくなるんよ。それに恥ずかしいけどまだまだお金の魔術にも縛られてた。今は創作活動に携わる者はエゴイストであれ、と言いたいわ。妻子のことや名声にとらわれてたら核が見えてこない。そんなことどうでもええ、それよりも作品に命を懸けたい、それだけの人の世界よ。

きっと自分の心に正直であれの世界よね。私はあっちこっちに気を回し過ぎて、自分の色が見えなかった。そう気づいた今、これからは自分の心に忠実に生きたいわ。

兄の場合は数冊程度しか企画出版出来んかったけど、自分をしっかり持ってた。作品にしても感動を伝えようとしていた。私はそういう兄を尊敬してひそかに応援していた。……ね、文学の世界だけとっても、どれだけの人が文章に心血注いでると思う。兄、過去お酒の勢いで自嘲気味に白状してたけど、とどのつまりは才能だって」

「……才能ねぇ……」

「私もそう思う、とどのつまりは才能やと。……私の場合は地震がきっかけで始めた文章の世界やけど、怖い話やと思うけど、最初の2、3年は文章と絵がよい意味で作用しあってた。

絵が描けなくなると文章に向かい、文章が進まなくなると絵に向かうって具合に。ところがいい調子で文章を進めてると絵の展覧会が転がりこんでしばし中断。もちろん逆もありね。その内にこれではどっちつかずになると思うようになった。

ようちゃんが私を訪ねて来てくれた時は迷いに迷った末、文章の方を選んでた。きっとDNAね。そしてこれでやっと自分を見つけたと得心してた。友達にはそんなに決め込まんでも気楽にやればいいのに、なんて言われたけど、そんなもんではない。わー、ごめん、ずいぶん長話になってしもうたね。ところで最後に、英会話の思い出でいつも一つ引っかかってるんやけど、あの頃の私たち、本当に勉強した？」

「一応はハイレベルのクラスだったんだよ」

「フーン、そうなん。けど私、あんまり勉強した覚えがなくて。それよりもレッスン後、みんなで曽根でジャズを聴いたり、お酒を飲んだりした思い出の方が鮮明だったりして」

「僕の場合はちいちゃんが目的で、会社が引けると必死に大阪から駆けつけたよ」

「ようちゃんの気持ち、ようちゃんの家に初めて行った時に気がついたわ。だって2階に上がりながら〝僕、女の子を家に連れてきたのはちいちゃんが初めてだよ〟って言うんだもん。その頃まるきり結婚願望なかったから、こりゃー、えらいこった、と聞こえん振りした」

「そうだろうな。勇気だして言ったのにまったく反応なし、がっかりしたけど辛抱強く待つことにした。そこで英会話の後は必ず家まで送ることにした。だのにちいちゃんは〝いつも有難う。じゃーまたね〟と握手するだけでキス一つ、させてくれんかった」

「バカバカ、当り前でしょ。あの頃は真面目社会が風潮、キスしたら結婚よ。それにようちゃんと結婚せえへんかった理由は、なんといっても4歳年下やったこと。あの頃は年上の人との結婚が理想で、年下なんて流行ってなかったんよ」

「えっ、流行ってなかったって？　結婚に流行があるの？」

「クスクス、うん、そうよ。それよりも東京に行ってから、なんで私のこと、一に押し二に押ししてくれんかったん?」

「えっ、一度東京からちいちゃんを尋ねただろ。勇気だして家まで行ったのに、ちいちゃんご機嫌が悪くて。……しょうがないから帰りのバスの中でこそっと〝東京においでよ〟と言ったら〝東京なんて遠すぎるわ〟とぴしゃっと断って……」

「あれー、そうやった? けどなんでバスの中なんかで言うんよ。もっとムードのある所で言ってくれたらよかったのに。でもそれもキショク悪いかもね。だけど今は違う。43年ぶりに、ようちゃんのなんともいえん優しい眼差しを見た瞬間、お兄ちゃんとは別の、久しぶりに人間に会ったような気がした。あの温かい目は、寂しいことも悲しいことも悔しいことも苦しいことも、じっと胸に伏せてきた人のもんや、だからあんなに包み込むような眼差しをしてるんや、とね。そして気づいたんよ。私が求めてきたのは愛やった。ようちゃんのあの温かい眼差しこそが私の探してきた自分の色やと。そうしたら何もかも捨ててもいい、と思えた」

「……ちいちゃん、有難う!」

ようちゃんの声が震えた。

「……僕、……僕、大好きなちいちゃんからそう言われて、……幸せや。バツイチの身やけど、これから全身でちいちゃんのことを守ってみせるよ。それにお兄ちゃんのことやけど、この前お兄ちゃんに会った時、ちいちゃんのことを世界一、大事に思ってると感じた。だからお兄ちゃんの許可がでるまで、ちいちゃんが言うようにゆっくり話、進めようね」

「有難う、そうしてね。じゃー、帰ったらメールね」

「うん、またメールで会おうね」

おーお、ようちゃん、だらしないほど甘いやないか。今からそんなベタベタしとったら尻に敷かれるぞー。

2人は一瞬ほっぺたがくっつくほど近づいて、いいや、ほっぺた、くっついてたぞー。そして別れて行った。ちいちゃんは何度も何度も振り向いて手を振り、ようちゃんは、ちいちゃんの姿が見えなくなるまで立っていた。

ふー、これが人間の青春ロマンというやつか。人間の心ってなかなか複雑なんやな。俺らの青春ロマンは、メスの悩ましげな鳴き声と尻の臭いに尽きるけどな。

おっ、待て待て、俺もな、尻の臭い以外の本物の青春がすぐそばに来とるような気がするんや。

惚れた弱みを抱える俺たち

ローレンが俺のグループに来てからこっち俺の心は妙にざわついてた。

好奇心に満ちたあの目の動き、「ミー、ミー」と呼びかけるやさしい声。尻はぷりぷりぷーの桃色吐息、銀色の尻尾は動作する度に魅惑《みわく》的に跳ね、耳がピンと立つと血統の良さが見てとれた。そやその通り、どこからどう見てもええんや。

へっ！　これじゃー、まるでようちゃんと一緒、惚れた弱みやないか。

「私、身の上話なんて今まで誰にもしたことなかったんよ。でも竜、あなたは別格、それに母から聞いた父になんとなく似てる気がして」から始まったローレンの出生は、俺の生まれ場所からさほど離れてない、「☆♪○幼稚園」の校舎裏の倉庫の中で、この時点ではローレンら親子は幸せに暮らしとったらしい。ところがちょっとした母親の留守に、この学校に集まった母親たちに見つけ出されて、そのうちの2人にそれぞれ連れて帰られてたらしい。ローレンを連れて帰った飼い主は看護師でずいぶんと可愛がってくれたそうだ。

新生活にもやっと慣れて、飼い主との、あ、うん、の生活を覚えかけたその矢先に、大阪で一人暮らしをしてたそこの娘の小夜《さよ》ちゃんが帰ってきて、ローレンに一目ぼれし、そのまま大阪に連れて帰られてしもうたらしい。むろんそこでも妹のように可愛がられたそうやが。

そんな平和な暮らしのある日、突然小夜ちゃん5日間も帰ってこんことがあったらしい。可愛そうにローレン、そこで動かずじっと待っとったそうや。が4日目の晩、ついに心が折れてしもうたらしい。

「たった5日と言ってもお腹は空くし喉は渇くし、寂しくなるわ、怖いわで、だんだん捨てられたのかもと思うようになって、そうしたら孤独が真っ黒い雲のように押し寄せてきて……」

そこでローレンは急に「ナーオ、ナ〜オン」と声を詰まらせたが、俺にはどうしてええんか分からず、ただおろおろと涙を啜《すす》ってやることしか思いつかんかった。

がたったそれだけでローレンは愛に飢えたメス猫のように、尻を左右にぷぷっと振り、腰をモコモコくねらせた。

（色っぽ！）俺の身体はかっと火照った。

飛びかかって組み伏して、タンゴで迫りたかった。けどそっぽむかれたら惨《みじ》めどころか笑いもん、それにボスの立場も危うくなる。そこで俺は、〝ローレンさま、もう、あなたさまにはこれから以後何事も逆らいません〟とばかりに腰を落として耳を伏せた。

と急にローレンは「アァ、ア、アッ、」と小さく詰まった声を上げて目を泳がすと、耳を横に倒して、「こんな退屈な話、いや？」とヒゲを小刻みに震わせた。

俺はあわてた。で「いやいや、続けて、君のことなら何でも知っておきたいよ（あれ、これ、ようちゃんの言葉や）」と答えると、

「そう、じゃー」と尻尾の先をクネクネふり「……ゼツボウしてどうしょうかな、考えてたら見たこともない人が来て、〝ナナ、ふるさとに戻ろうな〟って私を箱に入れて、ここに連れて来られたの。けどふるさとと言うても全然見覚えがなくて、そのうちにだんだん怖くなって、隙《すき》を見て逃げたの。そして当てもなくさまよってたら、竜、あなたに会ったの。あの時のあなたの優しさは表面的なもんではなかった。私がおばあさんであってもきっとおんなじ態度やったはず。

窮地《きゅうち》に立つと心がよく読めるのよ。嬉しかった。それですっかりあなたのファンになったの。後でわかったけど私は決して捨てられたんやなかった。その証拠に小夜ちゃん、ここまで迎えに来てくれたもの。でも皮肉にも、その頃の私はすっかり自由を満喫《まんきつ》して

た」と目を細め、それから「これは小夜ちゃんからの受け売りだけど、毛を撫ぜるような声は、猫なぜ声と言ってヤバンな人やウラギリ者が多いので要注意らしいよ」と人間の裏の世界を教えてくれた。

そこで俺も最悪ひもじい時に備えた、捕えたネズミを一瞬にしてかみ殺してエサにするという、俺ら種のウラワザを披露した。この時彼女は俺の強さにすっかり参り、俺も仲間内でいちばん柔らかい肉球の彼女が、足音一つ立てずに歩くその優雅さに、ぞっこん惚れてしまった。

●境内の『市民の森』では

「ねえー、おばあ、ここ『市民の森』は、わてら猫族にもこの場所で社会生活を営なむ権利があるよね」

「当たり前や、人間だけの森であるかいな。それにしてもブッチャー、竜さまがこのあたりのボスになってからこっち、あんた、ずいぶん元気になったね」

そう言った後おばあは音を立てて腹を掻いた。老いると皮膚が乾燥して痒《かゆ》いと言う。

「うん、あたいの命は竜さまから貰ったみたいなもん。あんとき竜さまに助けてもらわんかったら、今こうして生きとらん」

「そやなー、あんとき、竜さまがあの性悪《しょうわる》のサソリをやっつけてくれんかったら、あんたはもうとっくに死んどったやろな。耳は噛まれるわ、目はひっ掻かれるわ、腹の毛は血でべとべとやわで、そんなあんたを見たときの竜さまのあの気骨《きこつ》、ほんとにほれぼれするほどの男っ気やったな」

竜さまのこととなるとおばあは俄然《がぜん》口が回る。

「そうそう、そうやった、そうやった。竜さまが〝おい、てめえ、やめんかい。相手はメスやし、おまけに耳を後ろにやって降参しとるやないか。弱いもんいじめやったらこの俺が相手になるでえー〟て言うて、この上の高取山の頂上みたいに背中尖《とが》らせて、尻尾かって、ほらほら、あそこの漬もん屋の娘の、肩から太腿の腕よりも太うに膨らませて、それから強烈なキック、フックの連続、首根っこにまで食らいつこうとした。途端にあいつ、腰を落としてうずくまってしもうてな、隙をみて逃げていきよった。な、こんな風に竜さまはいつも強うて頼もしい」

そばで辻が花も花びらから水を吸うように毛を舐め舐め、そう褒めちぎった。おばあに続く竜さま信奉だ。黄みがかった茶と黒と白の三毛色が、秋の暮方の夕焼け雲のような模様を描いて、首から背中、腹へと流れている。

「あ、それはそうと、おばあ、明日の丑三《うしみ》つ時の運動会、今日、チャトラが東の松のあちゃやグループと、南の庫裏のこちゃやグループ、それに北のくすの木のそちゃやグループらに了解取りに行っとったよな」

「うん、チャトラの話によるとみんな総出の参加らしい。おまけに今年の運動会のテーマソングがロックンロールやと知ると、年寄り組たちがまるで発情期の最後のようなり声を上げて騒いどるらしいわ」

「ウヒヒー、そりゃー、年寄りグループらは大騒ぎやで」

「けど、わてらにはいつものど演歌よりずっとうれしいけどな」

「ところで白タビ、わて、うっかりチャトラに、この度の運動会の企画は竜さまとローレンなんやと言うてしもうたんや。途端にあの子、ぷっとふくれて横向いてな、あわててこう言い足したんや。今回は婚活もかねとるらしいから、この地域の発展のためのボランティアやと思って動いてやってくれ、それにこんな大事が出来るんはあんたしかおらんし、竜さまも今晩、会の進め方をあんたと相談して決める、と頼りにしとった、と言うたら、やっとご機嫌直して〝婚活なんてわてには関係ないけど、ボランティアやったらしょうない〃とまんざらでもない顔して走ってくれたよ」

「おばあはいつもこうして陰で竜さまを支えとるんやな」

「ああ、わては前々からの竜さまファンやったさかいにな」

「ね、ねー、おばあ、運動会って、場所はどこ?」

さっきから耳だけピクピクこっちのテンテンが口を挟んだ。

「テンテン、あんたはまだ子供。子供は参加できんからおばあと先にお帰り、そやないと猫さらいにひょいと連れて行かるかも知れんよってにな」

「ブッチャーの言うとおりや。な、テンテン、あんたが運動会に参加できるんは来年からや。そやから明日もこのおばあと一緒に帰るんやで」

「……」テンテンは返事の代わりに口を尖らせ目をつぶった。

「ところでブッチャー、場所どこやった?」

「手水鉢《ちょうずばち》の前、いややわー、昨日、私と一緒にチャトラから聞いたはずやのに」

「えっ、あっ、そう、そうやったな。ごめんごめん。白タビは今なんでも頭に入る年頃、おまけにあんたは特別物覚えがええもんな」

「ええっ、昨日の今日の話やのに」

「まー、ま、あんたら、そんなつまらんことで言い合いせんと明日のために早よう寝て、しっかり肌でも休めとったらどうや。ひょっとしたらええのんが居るかも知れんよってにな。ええか、ええんが居ったらこのおばあにまず相談やで。騙《だま》されて子を産むような羽目になったらかなわんさかいにな」

「ヒー、おばあはいつもそんな変な心配をする」

おばあの取り繕いでその場が急に明るくなった。

「そうやな、そうしょうか」

ブッチャーと白タビは共にうなずき合い、それぞれのねぐらへ散っていった。

おばあは散った方を見ながら、「ほならテンテン、わてらも帰ろうか、寒うなってきたから風邪ひいたら叶わんさかいにな」としぶるテンテンを促した。

深夜、丑《うし》三つ時、猫の運動会が行われようとしていた。手水鉢の前をあちこちのグループが入り混じり顔を揃えている。と突然竜の頭にスイッチが入った。

「情熱が激しく燃えるから、あなたを守りたい」

釣り上がった目、鼻もふくれ、口からギターのような音がもれ出す。

「情熱の星をあなたに捧げたい」

「ニャニヤー、ニャーン、かっこいい！」

「ニャー、ニヤー、ニャーン！」

ナイス、オン！　みな一斉《いっせい》に立ち上がる。

ローレンの子宮に、チャトラの子宮にも、あちゃやこちゃやの金玉にも、竜の声が滴り落ちる。

みんな、みな、思いくそ、びゅーびゅーと手足を伸ばす。

「竜さま、大好き！」「竜、いかすぞー」大合唱が始まる。猫のロックンロールだ。

ピンとヒゲを立て、尻尾ゆらゆら、腰もくねくね、そして走り回っては、

「フギャー、ソニャー〜、アオ〜、アオ〜」

「ポップ・アップ・ヒート」それ、アドレナリンパワーだ。

「みんなが嵌《はま》るわ、ロックンロール。みなが叫ぶわ、制御《せいぎょ》不能！」

フギャー、フギャー、足ふれ！　尻ふれ！　尻尾ふれ！

「情熱が激しく燃えるから、あなたを守りたい」

竜の目がローレンにそそがれる。ローレン、全身くねくね、涙ぼろぼろ！

「世界中から追いつめられても、あなたを離さない」

ローレンと竜の目が絡《から》まる。ローレン、ぶっちょぎれて竜のそばに駆け寄る。チャトラも白タビもブッチャーも駆け寄る。あちゃやこちゃやそちゃや、その家族らも駆け寄る。

「ドントストップ、ワン、ツー、スリー、それっ！」

やれそれ、それやれ、宙返りのヘソだしダンス。

「ドントストップ、ゴ、ロク、シチ、それっ！」

「ウニャ、ニャッ、ニャン」

「ナオ～、ナオ～ン」

「フルル、フルフル」

「ナオ～ン、ナオー」

みんな踊り踊り走りまわって、暴れ狂った。

そして暴れるだけ暴れると後はぴたりと止んで、さも何事もなかったかのようにそれぞれの陣地へと戻っていった。

女たちにも理由《わけ》がある

運動会から1ヶ月、竜たちグループは正月前の忘年会の準備に取りかかっていた。

「またあのそうぞうしいお正月がきよるな。今日集まるんはいつものあちゃやグループとそちゃやグループ、それにこちゃやグループとわてら竜グループやったな。今回は新入りのメンバーの自己紹介と縄張り線の話し合い、それに前の運動会でカップルになった2組も揃って顔、出すらしいわ」

「へー、2組もいたやなんて、いったい、どこのなにべぇーやろ」

「ウヒ、楽しみやな」

「みんな、余りひやかしたらあかんで。それはそうと集会の後に竜さまが、今年最後のスカイダイビングをするらしいで」

「ワー、おばあー、それ本当？　それって竜さまらの住まい（竜宮殿）がある、神社いち高いくすの木から飛び降りる技のことやろ。わちき、竜さまのスカイダイビング見るん、はじめて、なにせここにきてまだ6ヶ月やさかいに噂でしか知らんのや。けど、ヒー、えらい楽しみやなー」

「あんな、サバ、一口に神社いち高いくすの木って言うけど、あのくすの木、20《メートル》もあるんやで」

「20《メートル》って？」

「うん、竜さまの体高が30《センチ》やから、2000割る30で66・666……、つまり66回。それも竜さま、その前に、まるで人でも食らうような大あくびをして、助走なしで幹に150《センチ》の一気飛び。しかもあれよあれよと言う間にてっぺんまで駆け登って、それからまるで風を切るかのようにヒュー、ヒラヒラと飛び降りて、地面が近場になると、背中や骨盤をくるくるくると回転させながら着地するんや」

「わー、すごー！　すごー、でもおばあ、竜さま以外やったらそんなに回転したら、目、もうて、落ちて死んでしまうんとちゃう？」

とまるで箱でも置いてるかのように座っていたテンテンが、つぶらな瞳でおばあを見上げた。

「そうや、だから誰も怖うてようせんのや。あちゃや、こちゃや、そちゃらのボスらが竜さまによう逆らわんのはそこにあるんや」

おばあがたるんだ鼻を得意げにプンと膨らませた。

「その上、竜さまの着地はキレイと来とる。背中を弓なりにしならせて、尻尾でバランスとりながらモモンガみたいなポーズをとって音もなく立つ。それがなー、命がけのスカイダイビングやていうのに、息一つ乱れんのや」

ブッチャーもどや顔や。

「うん、そうや、ブッチャーの言う通り、竜さまの着地、空飛ぶ鳥よりもかっこええな。あのセイカンな姿を見たら、ひいきなしにもてるん、無理ないよな」

みんなからぷいと離れ、松の木の下で寝そべってたチャトラがむくっと起き上ってきて、そうつけたした。

「走りかって、時速50キロ！」辻が花までもうっとりだ。

「へー、そんなにかっこええん？　フーン、そうなん。ようわかった。ようわかったさかいにスカイダイビングの話はそれまでにして、それよか何か美味しいもんの話でもせえへん？」

話の腰を折るサバにチャトラはぶっちょぎれた。

「なんやその態度、むちゃむかつくな。１週間ぶりに竜さまに発見されてどうにかここに戻ってこれたというのに」

と尻尾を左右にぶんぶん振ったかと思うと、いきなり幹にジャンプして、ガガガー、ガリガリガー、と派手な音を立てて爪を研《と》いだ。そしてその後もう一度サバを睨みつけ、「シャーッ！　フーッ！　お前なんか死んじまえ」とののしると、神社の川向うの高層マンションへと走り去った。

高層マンションの隣に震災後そのまま放置された空地がある。崩れた石が積み重なり、枯れた木々が手をつないでいる。そこが彼女のスミカだ。

「そういえばあんた、ついこの前も、屋台から臭ってくるするめに誘い出されて屋台に近づいて、おまけに、なーがい、ながーいよだれを出して、それを手で拭《ぬぐ》うてたら、屋台の客に、マネキ猫によさそうや、と言われて、もうちょっとでさらわれそうになったな」

ブッチャーもあきれた声を出した。だのにサバは、

「うん、あの時、うち、必死こいて逃げたよ」とけろりだ。

「ええっ、あんた、まだ懲《こ》りてへんのか？　言うとくけど、人間って生きもんは景気が悪いと色々なエンギ話を持ち出して、猫の世界では考えられんような欲を思いつくもんなんや。それにいつまでもそんな風に食いしん坊の皮つっぱって、その上、ねこばばあーでもしようもんなら、今度はほんとにぱくられてしまうで」

「ワッ、クワバラ、クワバラ」

ブッチャーの説教にサバはわざと大げさに騒いで辻が花の方にすり寄った。そして、

「それはそうと、この前、ローレンにエサもってきた娘さんがいたね」とうまく話をはぐらかした。

「え、うんうん、あの子がこの陣地に紛れこんで来た時からなにか事情があると思うてたけど、その娘さんの話を聞いて、なるほど、と納得したよ」

辻が花はたちまちサバに丸めこまれた。

「え、なになに、どういうこと？」

白タビが目からビー玉とばかりに瞳を見開いて、ぴっと耳を前に向けた。

「いやな、こういうことやねん」

すっかりのせられた辻が花は話を続けた。

「あのな、その娘さん。ローレンに〝ナナ、ナナ〟って呼びかけてな、こう言うたんや。

〝私、あの時あんたを捨てたんと違うよ。あの日この秋結婚することになってる彼氏のお母さんの具合が急に悪なってね、マンションに戻る暇がなかったんで友達に、あんたのこと、私の母の所に連れてってと頼んでそのまま彼氏の親の所で看病してたんよ。やっとよくなって、あんたを迎えに母の所に行ったらあんた、おらんようになってたでしょ。

後で友達からようよう話を聞くと、迎えに行くのを5日間ほど忘れとったそうなんよ。ごめんね、ナナ。私のこと、ハクジョウモンやと思ったでしょ。けどあれからどんなにあんたのこと捜したか。……ナナ、ごめんね、ごめんしてね。……はい、これ、あんたの好きなたこ焼きよ〟ってローレンに食べさせようしたけど、ローレン、寄りつこうともせんのや」

「その様子を見たときの竜さまのあのあわてよう」

「そう、そうやったな、ローレンの前に飛んで行って〝この娘はナナやない、女優のソフィア・ローレンと同じ名前のローレンって娘や、だからネコチガイやって〟って、歯、剥いて挑戦ポーズとってたよね」

「どうやらローレンは、自分は捨てられたと誤解しとったようやな」

「確か、その娘さん、その後もしばらく通って来てたな」

「そして最後に来た日、ナナに〝分かった。あんた、ここの仲間たちと暮らしたいんやね。自由がええんでしよ。よく分かった。よく分かったからみんなと幸せに暮らすんよ〟と言うて、それっきり来んようになったたな」

辻が花とブッチャーのやり取りに、おばあは、「確かにそう言うとったな」とうなずき、

「ところで近ごろのローレン、最初の陰りも消えてしっかり元気になって、毛色や体つきも前にも増してぴかっと底光りして、おまけに耳が立つと目もつり上がって、なんや野性的で色っぽいな。それにここんとこ、竜さまとソウシソウアイの大恋愛。それにしてもわてらの種で、引っ付き虫みたいに引っ付いて、しかも一緒に暮らすやなんて前代未聞の話やな。

……あ、そういえばそうそう、大昔、おおおばからフェロモンの異常分泌が引き起こす奇行《きこう》やってこと、聞いたことがあった。ま、そんなんどうでもええこっちゃ。あー、あ、若いってええなー、ほんまにうらやましいわ」

と一瞬遠い日を思い出すかのように目を細めた。

「なんせ、竜さまのお気に入りだもん」

サバはいつも一言も二言も多い。

「しっ、チャトラに聞こえたら、おお荒れに荒れて大変やでー」

横からおお慌てにブッチャーがなだめた。

「おお、コワー、コワコワー。ほんなら明日な」

サバはそう言い残すと、食い気のスミカにふさわしい市場の方へと走り去った。

春の日差しが俺たちを包みこんで潤むある日、俺たちは神社の風に乗るようにして聞こえてきた祝詞《のりと》を拝借して、その軒下で結婚式を挙げた。

神社いちのっぽくすの木の、幹が四つ股に分かれた真ん中辺りに洞《ほら》のような木穴がある。鳥族が長い時間木肌をこついて作った巣穴だ。

俺がただの竜の時代、この巣穴に住むサソリと呼ばれとるボス野良と戦った。猫界では高いとこに住む奴ほど強いとされとる。

サソリはさすがにサソリと恐れられてるだけあって、うっかり奴と戦うと致命傷を負いかねんほどキョウジンな爪の持ち主やった。がコズルくてケチでオウボウで、おまけに弱いもん苛めを生甲斐《いきがい》としとった。

……半月前のことやった。たまたまその木の下を通りかかると、痩せこけたメス猫がずいぶん奴にいたぶられとった。俺、見かねて奴に飛びかかって〝おい、やめんかい。相手はメスで耳をうしろに伏せてコウサンしとるやないか。それでも続けるんやったら、俺が相手になるでえ〟と、前足で首根っこを掴《つか》んでほざいたったさ。ところが奴、えらそうにうなるんや。ハハ、弱いもん苛めのただの小心者めが。

当然キック、パンチでやったさ。ま、行きがかり上のことやし、それによその陣地のこともあって、その日はその程度で終えたったけどな。

それがな、なんとその翌日、朝メシ後に日光浴を楽しんどると、俺の腹の竜に似た金色の光がまるで俺を誘うみたいに目の前に拓《ひら》けてきてな。まるで尻ふりダンスみたいにモコモコクネクネするんや。俺、そのポーズになんとなく弱いんや。ハハ、あそこがピクピクするんや。アッタリマエや、ついて行ったでぇ。するとなんとあのくすの木の前に出てな、ところがビックリ、あのくすの木が金色に輝いて聳《そび》えとるんや。誰も気づいてないみたいやが、俺の目にはそう映った。

思わず、アリガタヤ、アリガタヤと木株にひれ伏して、舐めたり幹に自分の臭いを擦りつけたりしとるうちに、どんどんキショクようなってきてな、うとうとと腹見せてゴロンと寝てしもうたんや。そしたら一瞬夢みてな。それも俺の未来を予言する夢やってな、はっと飛び起きると上から何かがドンときたんや。

ヒゲに当たる妙な殺気ですばやくかわして、よう見るとあのサソリが俺の前に立ちはだかって、なまいきにもメン、切りよった。売られた喧嘩を買うのがオスの習性。

木株に爪を立てた奴に、よしゃ、やったるでぇーと、地に爪を立てたその瞬間、轟音が轟いて金色の光が俺の腹に集まってきてな、そおしたら俺の腹の竜が猛然と火を噴いて、奴を焼き殺そうとしたんや。

この時、思いくそタンカ、切ったでぇー。

「俺は5番町の竜、今俺の前に竜が現れて、お前は竜の申し子、このくすの木に住みつき、弱い者苛めを遊びとする性悪ボスをそこから追い出して、その後お前がこの辺りの野良たちを守るんだ、というお告げがあった」とな。

怒るとメラメラゴーゴー、烈風のごとき火をはくのが俺の竜や。メラメラゴーゴー、ビュービュー、ゴウー。そうさ、思いくそ、火、噴きながら奴のどん腹ひっくり返したったでー。

ハハハ、奴、尻尾を跨《また》ぐらに押し込んで腰ぬかしよってな、金玉ちぢまして逃げて行きよった。そや、その日から俺はこの辺りの野良らを守る『5番町の竜』となり、巣穴も俺の名を一字入れた、『竜宮殿』になったんや。

……いや、な、そ、そういうことや、そこが俺らの新居になったんや。けど狭うてな、俺ら種は狭いとこがいっとう好きやが、2匹入ると丸まらんと寝られんでな、丸まった俺を見てローレンは、ニャーニャー笑って、「竜、そんな恰好するとなんとなく狸に似てる。でも竜が狸に生まれ変わっても今と同じ、世界一好きよ」とからかうんで、俺もすかさず答えたよ。

「俺もローレンがいたちでも構わんよ」

「私、そんなに臭い?」

ローレンの奴、心配そうな声、出すんで、俺、あわてたよ。そこで、

「いいや、ローレンは『みやこわすれ』のようにいい匂いだよ」

と尻尾を絡めてやると、「あったかー」としばらくゴロゴロと喉を鳴らしていたが、やがてすやすや眠ってしまった。

それから俺たちの合言葉は「たぬき」と「いたち」になった。

あれから1年、俺たちはめくるめく夢のように幸せな結婚生活を送った。家族ができるということはこんなに身も心も安らげるのだろうか。俺たちはゴロンゴロンと、まるで美容体操でもするかのようにじゃれあってよく語り、よう寝た。よう寝た、と言うても、怠けもんでも、あっち好きでもない。俺ら種の睡眠時間は1日15時間が常識、それも敵から身を守らなあかんの、うとうとレム状態、結婚後はようちゃんやないけれど、生死をかけて彼女を守るんが彼女への愛の証、目も耳も鼻も常に警戒レベル最強や。

そんな俺には怖いもんなんてなかったが、ただ一つ雨の音が苦手だった。と言うよりも

ほとんど恐怖だった。ある、ひどー、雨が降った晩、木をこついてゴーゴーとこだまする雨音に頭を抱える俺に、ローレンは、「あのね、この雨の音、『ブルース・イン・ザ・クローゼット』ってメロディーよ。私の飼い主の知り合いの息子さんがミュージシャンで、雨の日、押入れで聞くジャズとか言って、よく聞いてたよ」と教えてくれた。不思議や、それ以来、雨の音は音楽なんや、とやり過ごせるようになった。

ところでこの際どさくさに紛れて白状するけどな、さっきのあっち好きの話やけど、去勢手術を受けた俺にはまばゆいばかりの色事吐息話なんや。それでその内に神社に賽銭でも入れて御利益を授かろうとまで思うとる。

俺たちは月に向かって叫んだ

桜だよりが日本列島を駆け巡り、世界が俺たちを中心に回っていた。

だがそんな俺たちの幸せを根こそぎ絶つようなゲキシンが、陣地に走った。突然食が絶たれたのだ。正直言うとそういう予兆はうすうす感じていた。

俺はどんな場所にいようが、どこに行こうが、おばさんの足音を聞くとすぐに『市民の森』に駆けつけ、仲間たちを呼び寄せるというジュウヨウな役目を背負っていた。

つまり食の異変をどの仲間よりもいち早く気づくことが出来た。

そうしたある日、『市民の森』の立札の隣に新しい立札が据えられ、それを見た時のおばさんの妙な様子に一抹の不安を覚えた。不安の余りおばさんの足にゴーンすると、おばさんは、

「竜、どうしょう。立札に〝猫の糞があまりに臭くて近所が迷惑している。身勝手な好意で餌をやらないように〟と書いてある」と悲鳴に近い声を出した。

俺はただちに「ニャー」と抗議した。

俺たちは綺麗好きだ。しかも先祖の教訓の「クサイものにはフタをしろ」を守って穴を掘って糞をし、その上に土までかぶせてクローズしてきた。ケッ！　なんで俺たちばかりがやり玉に上がるんや。犬や鳥の方こそそしほうだいの垂れっぱなしやないか。

人間よ、どっちがマナー違反か見たらわかるやろが。

おばさんも俺の答えが読めたらしく、

「犬の方こそ、しっこやうんこをほったらかしにするのにね。竜、今日はせっかく持ってきたんだからエサとお水は置いて帰るわ。そしてしばらく様子をみることにするわね」

と帰って行った。この時モウレツに嫌な予感がした。

もしもこのまま食いもんが途切れたらどうなるんや。俺はローレンを振り返った。彼女は「ダメよ、ダメなものはダメなのよ」とばかりに首を横に振った。

だがその後途切れることなく食は続いた。

心配はトロウに終わった、と思った1週間後の朝、おばさんがいつも通りにメシを持ってくると、鳥居から何か大きなものを片手に兄ちゃんが走り出て、それをぐっと脇に挟みつけると、

「立札、読んでくれましたか？　可愛いのはわかりますが、余りにも糞の臭いがきつすぎて、近所に迷惑がかかってます。神社の方もお参りに来て下さった方々に印象が悪くて大変迷惑してます。お願いですからもうこれ以上、エサをやらないで下さい。そうすれば猫もここに集まらなくなって、悪臭もなくなるでしょうから」

言葉こそやさしかったが、朝日にぎらりと眼鏡が光っていた。

その言葉におばさんはたちまちしゅんとして、

「すいません。実は私たち、餌《え》づけで慣らした猫をホカクしてフニン手術をし、モトの場所に戻して寿命を全うさせるために、ボランティア活動をしてるんです。それにご迷惑

をかけてはと思って、毎朝この近辺をお掃除させていただいてます」

「お掃除はうれしいのですが、動物の中で猫の糞が一番、臭いってことはわかってるでしょう」

おばさんは黙って項垂《うなだ》れた。

「どうか、もうエサを与えないでください」

「じゃー、せめて、お水くらいは許してもらえませんか」

「う、うーん、お水ね、じゃー、お水だけですよ」

と脇に挟んでいた、前のよりももっと大きい立札『糞、悪臭などで近所が困ってます。むやみにエサを与えないで下さい。飼えない子猫を生まさないためにも』を、これ見よがしにと前の立札と取り換えて、神社の方に戻って行った。おばさんは呆然とその立札を眺め、その後我々の顔を切なげに見て水だけ置いて帰って行った。

それからが宿命の野良生活が始まった。

ローレンは相変わらず気高く清く、苦難を共に乗り越えようと俺を励まし続け（所詮オスは弱いもん）、そのことで夫婦の絆は前よりどんどん強くなったが、食いもんの途絶えた陣地に仲間たちは集まらなくなり、1ヶ月ぶりにふとすれ違ったテンテンの、これがあのつぶらなテンテンの瞳かと、絶句しそうなほどの睨み目に愕然《がくぜん》とした。

俺はこの時ほど自分の無力さを感じたことはなかった。食があってこその命、衣食足りてこその平和なのだ。

チャトラは？　サバは？　それにブッチャーと辻が花は？　むろんおばあの姿も見かけなくなった。多分死んだんだろう。

そういえばちいちゃん、ようちゃんに、「母が死んだときお兄ちゃんから、若い頃は出会うために生きてきたと思うが、歳をとると別れを言うために出会うような思いに駆られる。だけどな、命あるものは誰もが通る道、泣くな」とずいぶん慰められた、と言ってたな。

お兄ちゃんはちいちゃんの結婚をどんな気持ちで受け入れて送りだしたんやろう。男らしいお兄ちゃんのこと、きっと爽やかな笑顔で送り出したんやろ。黙って孤独が似合うタイプやもんな。

その夜、俺たちは同じことを思いついた。

猫人生のプライドに掛けて、二度と再びどんなに飢えようが、盗み食い、かすめ取り、横取りはしない、と決めた。まして自分よりひ弱い動物を殺してまで生き延びたくはないと。だがそれは死を意味していた。

俺たちは有終の美を飾るために、我々が蜜月を過ごした、あののっぽくすの木の頂上から飛び降りることにした。

満月が世界中に青い光のベールをかぶせる夜、俺たちは住まいの下の根株で、ゴミ箱から落ちこぼれてた魚の尻尾を最後の晩餐《ばんさん》に、そこからひょいと幹に飛び移ると、枝から枝を伝って一気にてっぺんまで駈け上がった。

月は煌々《こうこう》と上がり、町の隅々まで銀の滴《しずく》を落としていた。しかも手を伸ばすとすぐそばに行けるかのようだった。俺たちは直角に延びた枝に並んで掛けた。

（月になりたいな）俺はそっと心の壺に月への思いをしまい、彼女の耳に囁いた。

「ローレン、生まれ変わったら何になりたい？」

「私、月になりたい」

「ローレン！」

興奮の余りヒゲがビューと伸びるのを感じた。

そう、俺たちは裏表の関係、たとえ死が俺たちを分かちあおうがいつも一緒だ。

「ローレン、実は俺も今そう思ってたところだよ」

「そうよ、私たちは対で一組よ」

（ああ、ローレン）俺は心の中で呻いた。これほど心が通じ合うパートナーがいるのだろうか。半月のローレンと半月の俺、俺らがぴったりよりそって満月。

「ね、竜、まえ、ちいちゃんたちの後をついていってたら、ちいちゃんがようちゃんに、うちのお兄ちゃん、難波芸術祭参加作品で主役を演じたことがあるんよ、と言ってたね」

「うんうん、そうやったな。銀猫座とかいう劇団の役者やったと言うとったな。なんでも劇団の名前は、そこの演出家と劇作家が共通のファンの作家の詩に出てくる、満月に吠える猫から付けたらしいな」

「……満月に吠える猫から『銀猫座』が生まれたのね」

「ローレン、俺らも最後のプライドの証《あかし》に月に向かって叫けぼうよ。それから月になろうよ」

俺らは枝の上で重なって月に向かって吠えた。

「ローレン、愛しいローレン、俺の青春、ローレン。愛してるよ。君と巡り合ってからの俺は、この世の幸せを独り占めにしたかのように幸せだったよ」

「竜、愛しい竜、私もあなたが青春よ。あなたと巡り合ってやっと、自分らしい生き方ができたわ。世界で一番あなたが好き、世界一大好きよ。竜、私の竜、もしも私が月になっても、ずっとずっとあなたを照らし続けるわ」

月は呼応するかのように一瞬瞬いて、銀色の滴で俺たちを包んだ。青くて清くて暖かくて、羊水《ようすい》に浮かんでいるかのようだった。母親の羊水もきっとこんなに心地良かったんだろう。

ようちゃんとちいちゃん、それにお兄ちゃん、達者でな、あばよ！

俺らは見つめ合って、見つめ合って、身をすりよせて一気に飛び降りた。

夜の5番町、町は寝ていた。

摘 今日子（つむ・きょうこ）
神戸市在住
武蔵野美術短期大学卒業
こうべ芸術文化会議会員
日本美術家連盟会員
著書『良く繁った果樹園の影で』（2003年）
『美への讃歌』（2011年）
『バイオレットボイス』（2012年）

神戸ネコ物語

2016年4月16日　初版第1刷発行

著　者——摘《つむ》 今日子《きょうこ》

発行者——日高徳迪

装　丁——臼井新太郎

印　刷——平文社

製　本——高地製本所

発行所　株式会社西田書店

〒101-0051 東京都千代田区神田神保町2-34 山本ビル
Tel 03-3261-4509　Fax 03-3262-4643
http://www.nishida-shoten.co.jp

ISBN978-4-88866-602-2　C0092

＊定価はカバーに表示してあります。
＊乱丁・落丁本はお取替えいたします（送料小社負担）。